AF444826

# El traje y el espejo

Rocío Medina

ISBN: 979-865-0688-67-9
IMPRESO Y HECHO EN MÉXICO

CONTACTO
alaediciones@gmail.com
962 5937 133 - México
370 77773 - Guatemala

# El traje y el espejo

Rocío Medina

Puede que yo haya pensado que el camino
hacia un mundo de seres humanos libres
y felices era más corto de lo que,
en realidad, ha resultado ser.
Pero no me equivoqué al pensar
que ese mundo era posible.

Bertrand Rusell

# Contenido

*El traje y el espejo*

fue impreso en la Ciudad de México. Los interiores se tiraron sobre papel cultural de 45 kg y la portada en cartulina couché de 169 kg. En su composición tipografica se utilizó la familia Fairfield LH. El tiraje fue de mil ejemplares.

CUIDADO EDITORIAL | Ameht Rivera
DISEÑO Y FORMACIÓN ELECTRÓNICA | Mónica Trujillo Ley

CONTACTO
alaediciones@gmail.com
962 5937 133 - México
370 77773 - Guatemala

# Una lectura feliz y paralela

Decía Goya que el sueño de la razón produce monstruos, pero los "monstruos" que la razón soñadora de Rocío Medina ha producido son mágicos y bondadosos. En el tomo que tienes en tus manos; hadas, unicornios, árboles parlantes, no pueblan los cuentos que lo componen tan solo con el fin estético de contar una buena historia, estos personajes (que comparten el escenario del texto con actores del género humano) tienen un fin todavía más alto: mostrar que un mundo feliz no es solo probable, sino posible, y aún más; que convertir esa posibilidad discreta en una realidad concreta es casi un deber humano.

Es por ello que en cuentos como Genio interior, asistimos al mundo interno de un niño con autismo, cuya madre ingenua, pero comprensiva, desconoce la condición de su hijo, el cual libra una batalla interior con su genio mismo, a la vez que una exterior con la incomprensión de sus más cercanos logrando, contra todo pronóstico, sobreponerse a las adversidades en un final tan feliz como inesperado. O bien la fábula Limonero en que los seres inanimados de una granja cobran vida y resuelven, alegre y sabiamente, sus enredos volviendo el relato un espejo de nuestras propias acciones para provecho del lector.

También podremos hallar el relato de un viejo taxista (Don Pepe y Dios sin un diente) que mal vive junto a su esposa e hija gastando su piel y su tiempo en dos trabajos, tan tediosos como mal pagados, para sostén de su familia, mismo que a pesar de las adversidades no ha perdido la fe ni la honradez, dos grandes caballos de fuerza que impulsan su vida hacia un final dichoso, no sin antes conocer a un cliente insospechado.

En *El traje y el espejo* de Rocío Medina encontrará una sonrisa el apático; una esperanza el desahuciado; un consejo el distraído; y el lector curioso no saldrá defraudado. Abre las páginas de este libro como si fuese un portal hacia un universo feliz y paralelo, donde las leyes y los seres traman un destino más auténtico y menos cruel que el que habitamos. Ese universo feliz es el que todo niño construye y atesora en su cabeza, el cual a fuerza de realidad, ha sido pacientemente deconstruido y olvidado. Volvamos, alegres e inocentes, a instalarlo en nuestras cabezas a través de esta lectura feliz y paralela.

Ameht Rivera
Cacahoatán, 30 de mayo de 2020.

# Dios sin un diente

# Los juguetes del fantasma

Cada tarde y noche se escuchaban ruidos muy extraños mezclados con muchas risas. Todos los que habitaban el lugar se erizaban y se miraban unos a otros, ya que esas extrañas risas provenían de una casa abandonada, deteriorada por el miedo y por el tiempo. Los vecinos contaban que en otros días era una casa espaciosa, llena de luz y alegría, habitada por una familia de tres miembros, a uno de los cuales le sucedió una desgracia que entristeció para siempre los colores de la olvidada casa.

Al caer la noche el ruido más perturbador se escuchaba subir desde el sótano de la morada, además se prendían luces que iluminaban desde dentro las ventanas donde un día se olvidaron todos los juguetes intactos. En el stock de juguetes abandonados se contaban varias muñecas con pestañas grandes y gestos eternizados; una casa de juguete donde cabía perfectamente el gato; juegos de mesa para tomar el té; muñecos de peluche…, ya que la dueña amaba dormir abrazada a ellos; había dentro una cama con limpias sábanas estampadas con flores, encima descansaba una muñeca vestida con ojos azules y ropas de estilo victoriano, cuya sintética belleza parecía iluminar la habitación.

A la luz taciturna de la lámpara encendida jugueteaba una música infantil al son de la cual danzaban extrañamente todos los peluches, las muñecas y una cafetera con la que todos los danzantes jugaban a tomar el té, movidos al parecer por una voluntad ajena, que no era la de un ser vivo. A pesar de estos sucesos que intranquilizaban a los vecinos el ambiente era calmo y la vieja casa irradiaba cierta energía parecida al amor, debido quizá a que Sofía, el ente que habitaba ese sitio, se la pasaba jugando y cantando, como si su existencia se hubiese encapsulado en algún momento feliz de su infancia, el cual se repetía incesantemente en el espacio eterno de la casa.

Así pasó un largo tiempo sin que nadie perturbara la casa ni a su extraño huésped, pero un día apareció en el jardín un letrero blanco con letras rojas que decía: "Se vende". El espíritu juguetón de Sofía no quería irse todavía, no hasta llegar el momento adecuado ¿o el inquilino adecuado?, pero una un día muy de mañana llegaron varias camionetas dispuestas con enseres y personal para arreglar y pintar la casa.

Sofía hacía mucho ruido para asustarlos, pero el trajín de los trabajadores minimizaba los azarosos esfuerzos de Sofía. Alguna vez procuró asustarlos tirando un bote de solvente o dejando impresas las huellas de sus pequeñas manos en una pared recién pintada, pero fue inútil. Al finalizar el trabajo la casa quedó esplendorosa como antes, y entonces acudieron a valorarla muchos posibles compradores, pero todo fue en vano, ya que a ellos sí los asustaban los berrinches de Sofía, y durante varios meses, nadie se decidió a comprar la casa.

Una noche azul y tormentosa, fría, con vientos soplando de todos lados, se estacionó en la puerta un pequeño y viejo carro, el cual apenas podía avanzar, éste traía en su interior, entre otras cosas, una familia pobre y aventurera que había salido en busca de una vida mejor al abandonar su pueblo donde no tenían ya un modo digno de vivir. Sumado a ello, hacía unos días los habían echado de una pequeña habitación, donde dormían hacinados, debido a que no pudieron pagar el último mes de renta.

Esta familia estaba formada por ambos padres y dos hijos, el menor de ellos aún en brazos; la otra, una niña de siete años con hermosos ojos y grandes pestañas de sonrisa pícara llamada Fernanda. Los padres eran pobres, pero muy trabajadores. Los niños, después del ajetreo del viaje, estaban ya preocupados, cansados, hambrientos, y temblaban de frío porque llovía muy fuerte afuera y su infeliz carcacha se había detenido y no podía andar más.

Los dos adultos se miraban uno al otro sin saber qué hacer; el cansancio también los había alcanzado ya, así que decidieron tocar a la puerta donde casualmente el carro se había detenido, ya que había luz y ruido alegrando la casa con el letrero de venta caído debido al fuerte viento.

Al llegar a la entrada, las puertas se abrieron de par en par para dejarlos pasar y los recibió un tenue calor que desprendía la chimenea encendida; una casa luminosa y acogedora, estaba recién amueblada para ser mostrada. Se sintieron invitados, aunque pensaron que los dueños, que no habían salido a ahuyentarlos o recibirlos, quizá no querían ser incomodados por sus dos niños o bien eran muy tímidos.

Entraron. Se quitaron su humilde ropa para secarla y por fortuna encontraron cuatro mantas dobladas, además de almohadas; acostaron a los niños cuando todos estuvieron secos. Se quedaron dormidos a pesar de que todos tenían hambre, no habían comido nada en días.

A la mañana siguiente, al salir el Sol, se despertaron abruptamente con temor de haber molestado u ofendido a los dueños, pero para su gran sorpresa, en la mesa había para los invitados espontáneos: jugos, café, leche, panes, frutas, cereales y huevos.

No sin vergüenza se sentaron a desayunar, pero lo más sorprendente fue que había un peluche color café con el nombre de Ángel —así se llamaba el niño pequeño—, y una muñeca ricamente vestida, con el nombre de Fernanda; también una carta recién escrita dirigida a los dueños de la casa. Apenas terminaron su alimento cuando se abrió intempestivamente la puerta y entró un anciano doloroso que puso cara de asombro al ver a unos extraños acomodados en su antigua casa.

Enérgicamente, pero con educación, preguntó qué hacían ahí, pero al ver los juguetes de Sofía dispersos por la sala, se quedó mudo, poniéndose a llorar con gran desconsuelo en forma incontenible. Nadie supo qué hacer, solo los niños con su ingenua bondad supieron lo que se debería de hacer y decir; corrieron ambos hacia el viejo que sollozaba, le dieron un beso y las gracias, además entre ambos lo apretaron en un abrazo muy fuerte. Pasado el episodio, la madre le dio una larga y necesaria explicación de su presencia en la casa y le entregó la carta que encontraron, la cual decía lo siguiente:

> Queridos papá y mamá, aunque me fui de esta vida nunca me fui de la casa porque me gustaba mucho, casi tanto como mis juguetes y sabía que tarde o temprano la venderían, por eso me quedé esperando a la familia ideal para que la habitara y poder compartir con ellos todos mis juguetes, para mí lo más importante era colorearles la vida con una esperanza, compartir mi corazón lleno de amor con otros niños a través de mis juguetes, yo no quería molestar a nadie; no se preocupen, estoy bien y feliz, hoy que he encontrado la familia ideal, al fin regresé con mi creador quien ya me estaba esperando.

Al leer la carta que temblaba entre sus manos, el viejo se dio cuenta que eran los tiernos garabatos de su hija Sofía, entonces el anciano sintió un gran alivio que hacía mucho no experimentaba, e inmediatamente supo qué hacer: escuchó la explicación de los padres de esos pequeños, después les invitó a quedarse para cuidar y mantener la casa luminosa y alegre de nuevo, también les pagaría un sueldo por atender la casa y cuidar el jardín y a ambos niños les permitiría disponer de todos los juguetes que se encontraban guardados desde la partida de Sofía.

Cuando el señor de la casa se despidió, les dejó las llaves de la vivienda junto con algo de dinero, al retirarse los niños lo abrazaron, le pidieron que regresara lo antes posible, querían que fuera como un abuelo para ellos y éste aceptó ir cada uno o dos meses junto a su esposa para convivir y así disfrutar de los niños.

Los ancianos siempre fueron muy amados por los pequeñines, de alguna forma el destino tramó secretamente la felicidad de todos usando el hilo de algunos acontecimientos tristes y desafortunados. La casa volvió a encenderse de música y risas, pero ya proveniente de los nuevos niños. Al fantasma de Sofía nunca se lo volvió a escuchar, pero todos la recordaban a diario: en una canción, en un espacio de la casa, en un juguete. La soledad había desaparecido de la casa que ahora estaba llena de inédito amor y dulce esperanza.

# Genio interior

Juana siempre estaba cansada, pero a pesar de ello era inusualmente feliz; tenía trabajo y un hijo al cual adoraba. Se pasaba la vida preocupada por el dinero y la forma en que los trataban todos a ella y a su hijo, incluso su familia le reclamaba que no lo educaba ni corregía, que era muy grosero, rebelde y berrinchudo.

Pero su hijo Juan, que rozaba los 10 años, era un genio metido en un cuerpo que no podía controlar y una mente que se abrumaba con la gente, los ruidos y el contacto físico; la madre aprendió a tranquilizarlo llevándole aparatos viejos, rotos e inservibles para que entretuviera su genio minucioso en repararlos.

Juan los reconstruía íntegramente volviéndolos funcionales, y la madre los vendía, así podía ayudarse económicamente. Ella también se dio cuenta que a su hijo le gustaba repetidamente contar todo y acomodarlo, por ello le compraba bolsas de frijol o arroz para que se entretuviera clasificando las semillas blancas o negras por su tamaño o forma. Juan las acomodaba por pares o tríos. Una vez acomodó las semillas de arroz en una manera desconcertante para su madre, quien pensó que había dispuesto las semillas así por casualidad, pero realmente era la fórmula del matemático italiano Fibonacci, o en otra ocasión, la explicación matemática para la formación de fractales en la naturaleza.

Una vez tenía que entregar ropa, la cual había lavado, planchado y zurcido, puesto que ése era su humilde oficio. No quería llevar a su pequeño incomprendido porque estaba lloviendo; hacía frío y nadie quería cuidar de él, así que no tuvo más remedio que traerlo consigo. Solamente lo cubrió con un saco viejo y remendado y salieron de la mano bajo la lluvia.

Ya de regreso, habiendo terminado las entregas de su madre, Juan se fue corriendo a una casa de empeño que conocía, dentro de la cual estaba su dueño don Luis; un señor de cara roja y grandes bigotes blancos, una persona bondadosa con la cual eran vecinos y amigos desde hacía varios años. Este señor le daba aparatos a Juan para arreglar y le pagaba para que se ayudaran él y su mamá.

La madre de Juan intentó detenerlo, estaba muy empapado luego de volver de la repartición de ropa, pero el niño no se lo permitió y entró gritando muy alterado, como si lo estuvieran persiguiendo, así se ponía cuando presentía algo o se estresaba por tanto contacto social. El señor Luis se encontraba acompañado de un joven apuesto, muy amable, era su hijo Ernesto; tomaban café con galletas para el frío. Juan, todavía alterado, se puso a comer sin pedir permiso. La madre estaba muy avergonzada, pero ya pasado el bochorno se presentó y trató de explicar la forma de ser de su pequeño.

El hijo del señor Luis tenía un doctorado en medicina con especialidad en autismo, por lo que debido a su personalidad y comportamiento dedujo la genialidad de este niño y la situación por la que atravesaban ambos por carecer de los recursos necesarios para darle una educación debida a Juan.

El doctor Ernesto explicó a la madre que esto no era por mala educación, se debía a una condición genética que provocaba alteraciones relacionadas con la comunicación, el déficit de desarrollo, alteración social y conductas repetitivas. Además le explicó que algunos niños como Juan eran muy inteligentes, de un IQ muy alto, pero con muy poca o nula tolerancia a la interacción social, y que ella con su paciencia y amor lo había ayudado mucho. La madre de Juan se tranquilizó, pero al mismo tiempo se preocupó por no tener dinero para llevarlo a tratamiento y darle una educación adecuada. Doña Juana recordó que un día llevó a su hijo al doctor del pueblo, pero a él solo le dieron vitaminas y a ella unos buenos regaños, ya que Juan desesperó al doctor con su comportamiento y los corrió de su consultorio pidiéndole que no regresaran, puesto que su hijo, según el médico rural, solamente requería educación y mano dura.

Pasaron los días y el hijo de don Luis y el pequeño Juan parecían entenderse muy bien. Cuando éste llegaba por los aparatos para arreglarlos a la casa de empeño de su papá, el apuesto galeno le ofrecía café con galletas a Juan y se sentaba a merendar con él. Uno de esos días el doctor estaba acompañado de su padre para ir juntos al aeropuerto de la ciudad más cercana, ya que se mudaría de ciudad debido a la oferta de un nuevo empleo: lo habían promovido para ocupar el puesto de director de un Centro Neurológico Pediátrico y no quería dejar solo a su amigo Juan; su gran corazón no soportaría abandonarlo, ya que él sí tenía la posibilidad profesional, económica y también tomó en cuenta que el chico era amigo de su padre.

Juana, al enterarse de la noticia del ascenso del hijo de su vecino, se puso contenta por don Luis que estaba viejo y enfermo, ya que se iría a vivir con su hijo y no se quedaría solo, pero a la vez se inquietó demasiado ya que, luego de las explicaciones que le dio el doctor Ernesto, ahora no sabía cómo ayudar a salir adelante al pequeño Juan. Se despidió de ambos y les deseó buen viaje. Ya se retiraba cuando el doctor la llamó y le ofreció su ayuda para tratar al niño, además le dijo que ambos vivirían con él y que ni a ellos ni a su su padre les faltaría nada; tendría casa, comida, y si para ella era bueno tener una ocupación, también la tendría.

Al día siguiente los cuatro volaron lejos de aquel pueblo para no volver, por fin tendrían una mejor vida y un futuro promisorio para Juan. Pasaron los años y todos encontraron lo que necesitaban, lo necesario para ser felices. Con respecto a Juan, debido al tratamiento médico, las terapias conductuales de tipo psicoeducativa y el amor de su madre, además del cariño del señor Luis como abuelo y la paciencia de todos, logró salir adelante y convertirse en un físico cuántico, trabajando para empresas importantes donde pudo poner en práctica su genio para beneficio de la humanidad y el sustento de su madre.

# Atlantis II

En un sitio remoto, junto al mar, vivía un niño de casi seis años llamado Noel, el cual se levantaba diariamente al rayar el alba con una sonrisa inédita. Visiblemente feliz acompañaba a su padre, viejo pescador de la comarca, rumbo a la pequeña lancha varada en la orilla de la playa.

Noel ayudaba diariamente a su padre a llevar sus herramientas para la pesca hasta la lancha y se despedía con un beso, luego regresaba a su hogar (una pequeña palapa construida sobre la arena) con su madre y su hermana mayor para ayudar con el quehacer de la casa. La madre les preparaba un desayuno sencillo, pero hecho con mucho amor y sabor para sus hijos; su hermana se iba a la escuela y su madre a vender lo que el padre pescaba, para ello tenían que caminar mucho con sus pies descalzos sobre la arena y el sol sobre sus cabezas.

Noel no iba a la escuela todavía, lo haría hasta el año entrante, entretanto, con gran pesar de la madre, se quedaba solo en casa, pero este pequeño era muy inteligente y sabía cuidarse solo. Con frecuencia salía a caminar a la playa para recoger conchitas de mar, caracoles o piedras de colores, para guardarlas en las bolsas de sus pantalones raídos, pero cada vez este pasatiempo era más difícil, ya que había mucha basura acumulada en la arena, ¡e inclusive en las aguas del mar!

De repente, el niño de los pantalones rotos, vio en el cielo que algo como una nube grande y brillante se oscureció, pero no tuvo miedo, se quedó muy quieto escuchando en su mente unas vocecitas que le decían algunas palabras con amor y afecto, explicándole que no se preocupara, ya que ellos eran sus amigos y tenían que mostrarle algo importante. Entonces, a susurros le pidieron permiso para hacerlo. Noel conocía ciertos reglamentos universales que se cumplían en cualquier lugar del mundo.

Uno de ellos era el libre albedrío, es decir la libre elección del ser humano, lo había oído en el templo a donde a veces acompañaba a su familia los domingos. De repente las vocecitas de su interior se materializaron mágicamente sobre la arena; eran dos figuras muy altas y delgadas con un brillo que brotaba de sus corazones. Ellos invitaron a Noel a acompañarlos, y como este pequeño era muy curioso y no lo obligaron, aceptó ir con ellos, quienes tenían caras felices y confiables; lo tomaron de la mano y caminaron juntos por la playa.

Luego de andar un poco ellos hicieron aparecer una gran esfera blanca y brillante en la que lo transportaron hasta algo así como un salón lleno de luz donde había dispuesta una mesa con comida a base de las más exquisitas frutas y una gran variedad de vegetales.

No había carne ni refrescos, para beber únicamente había agua pura, todo era sano y libre de violencia hacia otras especies animales. Le pidieron que comiera y descansara. Más tarde despertó y vio a todos a su alrededor esperando de pie con solemnidad, enseguida le tomaron de la mano, cruzaron un portal no visible y llegaron a un mundo exótico, que él no conocía, con muchas cosas parecidas a los árboles, algo como flores de extraños colores y una belleza inexplicable, las cuales brillaban en el suelo como estrellas en el cielo; las casas eran de un blanco casi sagrado y paredes no rectas (sin ángulos donde se depositara la baja vibración), grandes balcones y dos soles como ojos mirando desde el cielo.

Noel estaba sorprendido de todo lo que veía, pero lo que más le gustó fue mirar los mares con agua azul y transparente; se podían observar a simple vista muchos y pequeños seres de colores nadando, una especie de corales y otros tipos de animales no conocidos.

Como a Noel le gustaba mucho el mar, aceptó la invitación de meterse a nadar, pero al hacerlo tuvo sensaciones raras. Su cuerpo se transformó casi sin notarlo, ya que ahora podía abrir los ojos bajo el agua sin ardor ni mala visión, nadaba como un pez a gran velocidad y podía respirar bajo el agua sin el auxilio de ningún artificio. Luego de horas de nadar a través del agua limpia y transparente sintió cómo su mente se aclaró y entonces, de manera inexplicable, le vinieron muchos recuerdos de haber estado aquí antes (algo parecido a eso que los adultos llaman *déjà vu*), los cuales le hicieron caer en cuenta de que éste era su planeta de origen.

En cuanto recordó todo vio aparecer ante él a una mujer delgada, serena, quien le explicó que era su verdadera madre, que hacía más de cuatro años lo tuvieron que enviar lejos, junto con otros niños, a diferentes mundos. A Noel lo enviaron a la Tierra, ya que cuando tenía un año de vida una epidemia producida por un extraño virus creado en el laboratorio por seres de otra galaxia llamados Arcontes, amenazó con arrasar la vida en su planeta de origen, pero afortunadamente acudieron a ellos aliados de otros mundos, como los Felinos, y otros guerreros de alto espíritu, que les ayudaron a eliminar esa amenaza. Ahora esta antigua raza era más fuerte, más sabia y con más medios para su protección, el sitio donde ahora vivían lo llamaban Atlantis II en recuerdo de sus antepasados en la Tierra, los antiguos Atlantes.

Noel se preocupó por la familia que dejó en su viejo planeta, pero su nueva familia le explicó que ellos ya sabían toda la verdad y ahora se encontraban muy bien.

A petición de sus padres adoptivos, a los pocos días le mostraron un aparato para verlos y poder platicar con ellos a través de hologramas, como si estuvieran frente a frente. Se dio cuenta que ahora estaban en una casa grande y elegante junto al mar, su padre adoptivo era dueño de una gran embarcación donde no solo trabajaba él, sino además empleaba a familiares y amigos; su madre, gracias a la creciente prosperidad de la familia, ya no salía a vender a las calles y su hermana asistía a una estupenda escuela donde aprendía, entre otras cosas, a vivir en armonía con la naturaleza.

La nueva familia de Noel prometió traer a su familia adoptiva a su nuevo planeta para que lo visitaran. Ahora, cada quien en su mundo, vivían alegres y despreocupados gracias al amor que se daban, porque el amor en todos los mundos, en todos los universos, es una energía poderosa que lo transforma todo para bien.

# Don Pepe y dios sin un diente

*Para José Medina Téllez, mi padre*

Al despuntar el alba se levantaba trabajosamente debido al dolor de sus rodillas provocado por cierta enfermedad articular propia de la vejez, lo cual lo preocupaba, más no tanto como su situación económica precaria.

No importaba si había sol, lluvia o frío, necesitaba trabajar para pagar la renta y medio comer, además de mantener a su familia. Si alguna vez tuvo sueños, estos se esfumaron como el humo del escape del taxi que manejaba. ¿Habrá que agregar que no era dueño del vehículo?, solamente lo alquilaba pagando una cuota de forma diaria, con poca ganancia.

A don Pepe sus vecinos lo tenían como un hombre bonachón y honrado, aunque poco expresivo. Con su hija parecía muy tolerante, aunque podríamos inferir que esto se debía a que pasaba más tiempo trabajando que con ella. Al contrario que con su esposa, con la cual, debido al carácter explosivo de ésta y la irritabilidad de él, discutían a menudo. Sin embargo, él trataba de comprenderla por lo difícil que era hacer milagros domésticos para que le alcanzara el poco dinero que él llevaba a la casa, además de cuidar a su hija.

En fin, basta de pensar, desear o recriminar, había que trabajar. Se levantó y se fue sin desayunar, no había café ni pan, solo tomó agua de un vaso de plástico roído y se dirigió a la casa del patrón por el taxi donde trabajaría durante 8 horas, para luego acudir a su otro empleo como ayudante de mecánico fuera de la ciudad en una pequeña ranchería. El esfuerzo era mucho y le pagaban poco, pero le ayudaba. Sin embargo, ese día lo llamaron a la pequeña oficina para notificarle que mañana sería su último día de trabajo en el taller, ya que no había presupuesto para seguirle pagando por sus servicios.

Le gustaba su trabajo como ayudante mecánico, además disfrutaba el paisaje con esos cielos arrebolados color naranja que caían sobre las montañas lejanas al ponerse el sol. Pepe, aunque viejo, era un buen mecánico, pero ni modo, habría que buscar otra chamba.

Ya se encaminaba en la tarde a entregar la cuenta al dueño del taxi para irse por última vez a su otro empleo, cuando se percató por el espejo que su último cliente olvidó un morral de tela de tamaño regular. Decidió bajar para revisar, y cuál sería su sorpresa; encontró varias piedras de diversos tamaños, brillos y colores. Algunas tan brillantes que lo preocuparon, pues parecían valiosas. Pensó que ya se le hacía tarde, pero su deber y honradez lo obligaron a regresar al sitio donde dejó al último pasajero y posible dueño del morral.

Este cliente era un anciano que vivía en un edificio casi tan viejo como él, quedaba un poco lejos, pero se sentía impulsado a entregar lo que el pasajero olvidó en el taxi.

Entró al edifico y tocó en varias puertas hasta que le abrió aquel; era calvo y regordete, de pequeños ojos, pero con una mirada profunda que parecía descifrar el alma. El viejo le sonrió muy brillante y vivaracho; su sonrisa era de lo más bella a pesar de que le faltaba un diente, puesto que emitía una risa y carcajada musicales, al tiempo que sus mejillas se inflaban como globos rojos y toda su figura transmitía una enorme paz.

Al ver la bolsa la reconoció y lo hizo pasar, lo invitó a tomar un chocolate caliente y pan recién horneado, ya que estaba lloviendo, esto animó al taxista por el hambre que llevaba aguantando desde medio día, sin embargo Pepe no dejaba de pensar que ya era muy tarde, pero de todas maneras muy respetuoso se sentó y aceptó, aunque estaba muy avergonzado por sus ropas raídas y mojadas.

El anciano le dio las gracias y sacó de la bolsa una gran piedra blanca que al contacto con la luz emitía muchos colores; se la entregó. Don Pepe no sabía qué hacer ante esta situación y se negaba a tomarla, en ese momento el anciano soltó una sonora carcajada y le dijo que no era para él, que se trataba de un encargo.

Le explicó que tenía que entregar la piedra a su amigo y le indicó la dirección y el nombre del destinatario. Como don Pepe ya estaba metido en este lio, no quiso ser grosero, además lo veía muy viejo y solitario, por eso tomó la piedra y la dirección.

Salió del departamento solo pensando en lo atrasado que estaba para entregar el taxi y acudir a su último día de trabajo de la tarde, al hacerlo sintió un frío intenso y desolador, se estremeció hasta los huesos, la nariz se le puso roja y las manos moradas, la camisa y la chamarra vieja no le ayudaban por lo que se subió al taxi cuanto antes y se encaminó a la dirección que le indicaron.

Al llegar observó una casa muy grande y lujosa, nunca había visto una así y mucho menos entrado. Tocó el timbre y minutos después lo hicieron pasar, lo sentaron en un sillón, esperó más de una hora, ya estaba desesperado cuando por fin llegó la persona que estaba buscando, para su sorpresa era idéntico al anciano que lo enviaba; los mismos ojos inteligentes, mirada profunda y muy risueño, pero con dentadura completa.

Este anciano le dio un abrazo muy fuerte con singular cariño, le hizo entrega de una llave de auto nuevo y le explicó que era un regalo por ser un hombre honrado y muy agradecido con Dios a pesar de sus carencias y problemas, que mucha gente pedía por él y lo bendecían por sus acciones al ayudar a los demás.

Lo condujo a un lugar donde había un carro nuevo pintado de taxi, y una carpeta con papeles que lo hacía dueño de dicho auto junto con el permiso y las placas. Le dijo que se lo llevara, ya que era suyo. Don Pepe no supo qué decir, se puso a llorar alegremente y salió de aquella casa. No podía creerlo, ya no tendría problemas económicos y podría estar más en casa para ayudar a su esposa y convivir con su hija. Ese mismo día habló para que recogieran el taxi que alquilaba y renunció como habría de esperarse. Ya no tuvo problemas económicos, a partir de entonces vivía con lo necesario, sin lujos, pero también sin carencias.

# Blanco y negro

Eran dos mundos que por un instante se unieron; el primero tenía solo dos colores, el blanco y el negro; el otro, de un tamaño más grande, tenía todos los colores del arcoíris y la combinación de ellos; ambos se unieron en un espacio del tiempo. Solo los separaba una estrecha barrera de un portal cuántico por donde se conocieron dos niños que platicaban y jugaban.

El más pequeño venía de ese mundo sin color y se llamaba Teo, la otra personita, que era una niña, llamada Regina, venía del mundo que tenía infinidad de colores, ese planeta es el llamado Gea o Gaia, nombre dado por los griegos, o bien Pachamama, nombre dado por los incas en honor a su diosa totémica y representaba al planeta Tierra.

Regina tenía en sus manos varios globos con los colores del arcoíris, al verlos Teo se quedó asombrado, ya que nunca había sentido tanta alegría en sus ojos debido al festín de colores que llevaba su amiga entre las manos. Él no sabía lo que era eso, por ello Regina le explicaba que ese efecto de la luz se llamaba color, y que podía hallárselos en diferentes tonalidades cromáticas, básicas o primarias. También le contó que se podían formar mezclas y que a todo el espectro que abarca desde el azul hasta el rojo se le llama el círculo o la rueda del color.

Como Regina era una niña muy inteligente, buena, compasiva y platicadora, sintió compasión del mundo sin color de su amigo, y decidió regalarle a Teo varios globos para llevar el color a su mundo. El pequeño niño no quería recibirlos por vergüenza, pero también era muy bondadoso y agradecido, así que los aceptó. Regina le explicó que el globo más grande y bello lo habían hecho las hadas y los unicornios del jardín más hermoso que había en la Tierra y le pidieron a esta bella niña que se lo regalara al niño más feliz que pudiera encontrar en el universo y este obsequio llenaría de color su mundo.

Regina se dio cuenta que este niño gris era feliz a su manera, ya que siempre lo vio reír, asombrarse, bailar, jugar, etcétera, además de darle a Regina todos los juguetes que traía y compartirle su única comida sin ninguna envidia o pesar.

Regina le platicó que el planeta de donde ella venia, o sea Gaia, a pesar de sus bellos colores del cielo, el mar con todos sus tonos verdes y azules, sus exóticas flores de múltiples colores, animales de muchos tipos, aún con todo eso, la gente contaminaba los mares, ríos, y sus animales eran agredidos o eliminados de forma cruel, pero también le explicó que había muchos niños como ellos, juguetones, felices, llenos de amor por los animales y los juegos; a ella en lo particular le gustaba mucho la música, sobre todo el piano, pues pertenecía a una orquesta escolar. Tenía un hermanito al que le encantaban los juguetes para armar, sobre todo los de las naves o aviones.

"Algunas personas no cuidan el tesoro que Dios les dio a través de toda la naturaleza —le dijo Regina—, por eso mira, Teo, te los regalo porque a tu planeta solo le faltan los colores, ya tienen el amor incondicional entre ustedes y le voy a pedir a todos los arcángeles y a los seres de luz que llenen tu planeta de los más bellos colores, y para mi mundo que los humanos se llenen de amor incondicional".

Y con este acto de amistad entre ambos niños, que eran totalmente extraños y de diferentes planetas, se produjo armonía y empatía entre ellos.

Pocas horas más tarde los niños se separaron, cada uno de los mundos tomó el espacio que le correspondía en el tiempo. Teo regresó a su mundo bicolor, pero llevando un globo estampado de muchas figuras y colores jamás vistos en su planeta, demás de la alegría de haber conocido a su nueva amiga Regina.

La pequeña niña regresó a su lugar en la Tierra y decidió que ayudaría a hallar la manera de promover el cuidado de su planeta, no contaminando el agua, no tirando basura en la calle, no quemando llantas u otras cosas para evitar que el aire se perjudicara más.

Y así cada uno de los niños hizo lo que pudo para tener un mejor mundo ayudando a que las personas fueran más amables unos con otros, demostrando que se puede vivir en armonía a pesar de las diferencias.

Estos pequeños, momentos antes de separarse, anotaron la fecha de lo sucedido y cada año en el mismo mes y día, esperaban ansiosos para volver a encontrarse. Pasaron varios años durante los que volvieron a coincidir en la misma fecha, y al llegar el día indicado en uno de esos años, se vieron nuevamente, ya más grandes, y al reencontrarse se abrazaron y cada uno explicó los cambios que lograron en sus respectivos mundos.

Ahora Teo era un joven alto y apuesto, que para sorpresa de Regina vestía de varios colores, seguía siendo muy alegre, risueño, amable y compartido; le entregó a su amiga un hermoso ramo de flores con fotos de su mundo, el cual ahora contaba con más colores, no tantos como en el planeta de ella, pero se veía bello y luminoso, y lo mejor era que todos seguían siendo felices en aquel planeta. Teo le explicó que cada año él llevaba un gran ramo de bellas flores deseando encontrarla.

Regina, también alta y elegante, le contó que las personas de la Tierra por fin habían entendido que deberían cuidar su planeta, y que gracias a la concientización de las personas hubo un despertar de todos. De esa manera habían cesado las guerras, disminuido la pobreza, eliminado la contaminación y lo más importante; se respetaba a la naturaleza, los animales y a los niños, también le contó a Teo que ella se había vuelto una gran concertista y pronto se presentaría para el homenaje que se realizaría en honor a Gaia, su hogar en el universo.

Ambos se volvieron a separar, pero estaban felices por haber tenido tan bellos logros cada uno para su respectivo planeta, y además saber que los dos vivían plenos y amados al lado de sus seres queridos.

# La elección

En un punto del universo, más allá del Sol, la Luna y los planetas, existe un lugar llamado las Pléyades, formado por siete estrellas resplandecientes, de la cual una de ellas (quizá la llamada Merope o Electra) se encuentra casi apagada. Según nos cuenta la mitología, dichas estrellas eran hermanas, hijas del titán Atlas con una ninfa de nombre Pleyone. Maya, Celeno, Alcione, Electra, Esterope, Taigete, Merope, eran sus nombres y siempre han sido perseguidas por Orión, una constelación antropomorfa y brillante.

Aquí, en algún punto de las Pléyades, vivían cuatro hermosos espíritus, tan luminosos como luceros, el más grande de edad llamado Olivo, cuyo nombre significa sabiduría, era muy gentil, inteligente, voluntarioso, pero tímido. Le seguía por edad Regina, cuyo nombre significa reina del cielo; racional, femenina, inteligente, hermosa; muy platicadora y observadora. Luego venía Sergei, cuyo nombre significa guardián de los suyos, se le puede describir como alguien bastante inquieto, tierno, simpático, amigable, desmedidamente inteligente y muy obsesivo.

Por último, la más pequeña de los espíritus se llamaba Conie, que significa constancia, suele ser intensa, amable, cordial, analítica, persistente. Todas estas almas vivían en armonía y alegría junto a su creador o padre estelar, llamado Dios, y ya llevaban muchos eones de vida como espíritus.

Este sitio del universo donde vivían era un paraíso, cuyo vecindario estelar contaba con estrellas, galaxias, astros y nebulosas, estas últimas son masas cósmicas luminosas. Dichos espíritus habían escuchado de personajes y cosas maravillosas que existían en otros mundos, por eso en una ocasión se les ocurrió hacer una fiesta en honor de Connie, que era la más pequeña, pero como en el sitio donde vivían no existía el color, ya que en la era en que ellos están el universo es de un color similar al café con leche, también llamado café cósmico o universo beige, que es un modelo cromático, este universo donde habitaban antes fue color azul, cuando era un universo joven, hace más de 2,500 millones de años.

Ellos querían tener una fiesta y deseaban que ésta estuviera rebosante de colores, animales mágicos y fantásticos, pero debido a que no los tenían donde vivían, la reina mágica del lugar decidió dibujarlos. Y lo hizo muy bien, en forma artística. Por su parte Olivo, que era un gran genio constructor de aparatos, robots y enseres electromagnéticos, decidió construir un artefacto para hacer realidad estos dibujos, una suerte de impresora 3D.

Iniciaron imprimiendo un arco iris, que es una banda luminosa que presenta los colores del prisma cuando la luz del sol atraviesa las gotas de lluvia, este tiene los siete colores fundamentales en los que se descompone la luz: rojo, naranja, amarillo, verde, azul, violeta y cian, el cual es un color azul claro, intermedio entre el verde y el azul, dicho color se descubrió en 1896.

A Sergei le gustaban los seres y animales mágicos como el unicornio, que es similar a un caballo blanco, patas de antílope, barba de chivo y un cuerno en espiral apuntando hacia el cielo. Se sabe, por lo bestiarios medievales, que este animal es muy noble, puro, espiritual e inteligente, su cuerpo mágico puede curar solo con un roce y si alguien está en peligro lo lleva en el lomo y lo pone a salvo, como hacen los delfines en el mar.

Por su parte Regina, quería tener unas ninfas que son seres mágicos de la fuerza y de la naturaleza, de gran encanto e ingeniosas, cuando hablan sus palabras son como notas musicales tañidas por el viento, habitan en palacios de hielo, en grutas o en arroyos cristalinos y maravillosos bosques.

A Olivo le gustaban los dinosaurios, por ello dibujaba un dragón de gran tamaño, con alas de unos 30 metros de envergadura con piel escamosa; estos animales antiguos y feroces son independientes, habitan en su propia guarida, y vuelan en círculos cuando cazan. Como Conie, por su tierna edad, todavía no sabía dibujar decidieron entre todos hacerle un elfo, los cuales son de figura delgada, fina, piel muy pálida y ojos almendrados; con mucha destreza en sus movimientos, graciosos, sutiles, silenciosos. Debido a estas características es muy difícil dar con ellos.

Además los hermanos sabían que en planetas distantes existían unos frutos comestibles como las manzanas, las naranjas y las uvas etc., también conocían la existencia de las flores y rosas con bellos colores, así como los girasoles, considerados sagrados, ya que giran sus cuellos vegetales a lo largo del día buscando al Sol y llegan a crecer hasta seis metros adornados con sus pétalos de color amarillo o naranja.

Entre todos dibujaron hadas que eran pequeñas y hermosas mujercitas con alas, las cuales gobiernan la tierra y protegen los bosques, a los animales y a los niños, y en sus manos está cuidar a las almas de todas las criaturas. Como querían también un animal grande y majestuoso hicieron un ave fénix, que es un pájaro enorme envuelto en llamas, de color fluctuante entre rojo y naranja, que son los colores del fuego. Se cree que es un animal eterno, mágico y fabuloso. En un país llamado Egipto se les dice *Bennu*, que significa o simboliza al Sol.

Estas cuatro almas o espíritus no tenían cuerpos, eran aliento y esencia de Dios y estaban esperando venir a la tierra y corporeizarse para conocer a sus papás y demás familia, vivían y se encontraban ante una energía superior que les brindó la posibilidad de elegir su destino. El primero en decidir y llegar a la Tierra fue Olivo; él eligió dos maravillosas personas como padres, para guiarlo con gran amor en la Tierra y continuar su viaje evolutivo en este universo, después siguió Regina, que antes de elegir a sus papás, quedó de acuerdo con Sergei para ser hermanos en la Tierra; ellos también eligieron unos amorosos e inteligentes padres.

Y por último abandonó Conie el paraíso, sus padres a pesar de ser más jóvenes, eran personas llenas de amor, intuitivos y con una bella alma habitando sus cuerpos mortales. Los cuatro antiguos espíritus acordaron previamente habitar la Tierra en familias cercanas para seguir unidos y cuidarse unos a otros, fueron primos y hermanos entre ellos. De ese modo, viviendo juntos en este planeta, ayudaron a sus respectivas familias a mantenerse unidas avanzando ahora como personas, mejorando el mundo donde vivimos, para continuar su evolución hacia otros estratos luminosos del ser.

# El visitante de la luz

—Hola —le dijo el niño al resplandor brillante con forma humana—. ¿Quién eres tú y qué haces aquí esta noche? Hace demasiado frío.

—Soy *la luz* y vengo de la fuente de la vida —respondió el visitante—, represento el amor y la paz, la unión de las familias y el amor por los niños, soy el respeto por la vida de los animales, las plantas y todo lo que está vivo en la Tierra. Soy el que ama la sonrisa de un niño, el amanecer y la puesta de sol, y vengo a dar respuestas, a guiar por el camino para regresar a la luz de origen de la creación.

—Yo tengo muchas dudas. Y estoy confundido —atajó el chico—. Hace mucho tiempo dicen que viniste a lo mismo, pero las personas no han cambiado, al contrario, todo está peor. Solo soy un niño pequeño, pero por eso mismo los adultos no me toman en cuenta, a veces me ven sin mirarme o me oyen sin escucharme, todos mis amigos y yo que vendemos en la calle o pedimos dinero estamos solos y acompañados de seres egoístas que solo se preocupan por ellos mismos, no tienen ni un poco de tiempo para ver por otros o sus familias, más que por ellos mismos. Veo adultos golpear a sus hijos —prosiguió con un gesto de dolor en el rostro—, maltratarlos, no educarlos; mis amigos piensan que eso no importa con tal de que les compren cosas para compensar su ausencia sentimental o física, pero yo no estoy de acuerdo.

—¿Por qué dices eso? —preguntó el visitante, interesado.

—No creas que miento, he visto que cuando deberían estar cuidando niños, ya sea por trabajo o por obligación, están más ocupados viendo su celular o las telenovelas, pensando en sus problemas, casi siempre económicos, o de otro tipo.

Deberías recordarles a las personas que somos un alma con un cuerpo temporal —continuó el niño con tono imperativo—, no un cuerpo con alma; tienen el poder y la decisión de estar bien, ser felices y vivir sin egoísmos, de mejorar y no perjudicar a los demás, no se trata de tener más dinero o mejor posición económica, más coches, casas más grandes…, hablo de tener una mejor comunicación entre los seres humanos, amar, respetar a los animales y a las plantas.

Cuando pude ir a una escuela —dijo entrecerrando los ojos para recordar— me dijeron que todo ser vivo tiene carbono, hidrógeno, oxígeno, nitrógeno, etcétera, y que estos elementos igual que las biomoléculas orgánicas e inorgánicas, componen todo lo que es vida en la Tierra. Me he preguntado, ¿si todos los seres vivos del planeta estamos hechos de lo mismo por qué peleamos?, además nos agredimos o no nos ayudamos; ¿por qué hay guerras, robos y mayores daños? ¿Acaso solo les preocupa lo que tienen y no lo que son?

—¡No me digas que nunca has conocido gente buena! —interrumpió, algo incrédulo, el visitante de la luz.

—Claro que sí, hace algunos años conocí a un chamán maya, él me cuidó por un tiempo hasta que hace seis meses lo lastimaron por defender sus tierras, sus animales y hasta sus propias ideas; el ser indígena le causó más problemas que beneficios, y murió. No era marioneta de nadie, esto no era bueno para ellos, hay mucha gente mala que solo ansía poder, no aprendemos a dialogar con los que piensan distinto y por tanto no nos dejan llegar a la verdad; contaminamos el planeta, el agua, el aire y la tierra.

Desde hace mucho tiempo se descubrió la energía no orgánica —continuó el niño, mientras intentaba atarse los zapatos rotos—, la cual dura mucho tiempo, no es cara y no contamina, pero no está a nuestro alcance, sino solo al alcance de los poderosos con dinero. En la medicina, por mencionar otra cosa, estamos muy atrasados; por un lado te enferman y por otro te venden medicinas caras y no muy efectivas. A veces los mismos gobiernos hegemónicos son los que forman las guerras, derrocan países solo con el fin de controlarlos al igual que a sus recursos naturales, su dinero, usando a la gente como mano de obra barata, controlando los noticieros y las televisoras; ocultan la verdad, te mienten y solo buscan que tú pienses y actúes en beneficio de ellos.

—¡Por eso estoy aquí! —respondió el visitante con un ánimo esperanzador en la voz—. Nunca me he olvidado de ustedes, siempre los cuido y los protejo, pero al tener libre albedrío se corre el riesgo de cometer errores, pero te prometo que, con seres más despiertos como lo estás tú, pasaremos a la quinta dimensión, por eso…, dame tu mano y ven conmigo…

# El traje y el espejo

En un pueblo muy pequeño situado en un lugar apartado y olvidado, vivían personas que compartían características muy especiales, como saber ser felices, tener pensamientos positivos, además de cuidarse entre ellos y aceptase tal cual son respetándose entre sí.

Pasaron muchos años sin grandes cambios hasta un día apareció en el pueblo una persona con mucha tristeza y consternación en su rostro. Caminaba muy lento y encorvado, arrastraba los pies a cada paso y avanzaba sin mirar, hasta que topó contra una banqueta y cayó al suelo. Todos los que estaban a su alrededor lo llevaron a una casa con muchos espejos y lo acostaron en un sillón lo suficientemente cómodo; intuyeron que éste era el mejor lugar para ayudarlo, pues le llamaban La Casa del Reencuentro.

Por la noche este hombre escuchó ruidos, se puso muy nervioso, así que simuló seguir durmiendo. Oyó una voz que le hablaba y le decía: "¡Despierta, despierta!". A propósito, el hombre se llamaba Nico, así que con ahínco aceptó estar despierto, y se dio cuenta que le hablaba su imagen reflejada en el espejo más cercano a sí.

—¿Por qué estás tan triste?

—¡Soy tan feo que nadie me quiere! —contestó Nico—, todos se hacen de lado al verme, no soy bello ni tengo dinero; no soy listo, y peor aún, soy viejo.

—¿No te has dado cuenta que soy tu reflejo? —le respondió el espejo—, y lo que veo es un hombre maduro, sabio, con la experiencia acumulada de los años, que trata bien a las personas, amable con los niños y los animales, y preocupado por ayudar a quien lo necesita.

Tu cuerpo es un traje de piel que te pusieron al nacer —continuó su pulido confidente—, es tu traje para encarnar en la Tierra y poder cumplir con tu misión y evolución espiritual, eres esencia divina, un gran espíritu, y tu origen es la fuente de luz y creación, o sea Dios. Sin tu cuerpo no puedes vivir en esta dimensión, ya que es muy densa; estamos para aprender y recordar siempre que somos luz.

Todo esto hizo reflexionar a Nico y recordar las cosas bellas de la vida que sí tuvo, pero que había pasado por alto debido a sus preocupaciones y por fin, gracias a su espejo, lo recordó nítidamente y se apoderó de su destino de luz.

—Este cuerpo humano fue diseñado por varios seres cósmicos de una gran evolución y de varios orígenes en el universo —siguió explicando el espejo—, como los pleyadianos, los cetáceos, los reptilianos, pero ellos solo hicieron el diseño del cuerpo, el del alma lo hizo Dios y nos dio parte de su aliento divino para crear nuestra alma.

Realmente somos parte de él, se encuentra adentro de nosotros —le explicó—, por eso no importa nuestra imagen externa, el cuerpo es solo un transporte, nuestro disfraz en este momento, lo más importante es tu alma y tu relación con el Yo Superior, con tu interior; debes amarte, cuidarte y aceptarte. Tu cuerpo ha estado desde que naciste, cuidándote, ayudándote, tienes que convivir con él con amor. Ese amor que prodigas a los demás seres vivos, pero no por ti mismo.

Después de esa revelación Nico salió a la calle renovado, con una luz bondadosa iluminándolo desde su interior, entonces el pueblo de aquel lugar paradisíaco lo invitó a residir ahí, y él aceptó quedarse a vivir como maestro de niños, sintiendo por fin que estaba cumpliendo con su parte en este mundo, ya que además decidió cuidar a niños con capacidades especiales, a los cuales les llamaba *los cantos de Dios*.

# La escuela y la vida

Había un enorme salón con grandes ventanales, pintado de color pastel, con varias repisas para colocar juguetes de todo tipo, desde unas pequeñas pelotas, hasta triciclos, pasando por juegos para armar cosas, rompecabezas, varios muñecos de peluche, muñecas, carritos, etcétera. También había muchos libros para colorear o bien leer, juegos de té, dinosaurios, y muchas más cosas, salvo armas de juguete o material para agredir, ya que eso no era acorde con sus enseñanzas.

Todo este material pertenecía a una pequeña escuela, no era un plantel caro, pero sí muy bien organizado a pesar de tener sus carencias. Aquí había varios niños que cursaban del preescolar hasta la primaria. Los juguetes los usaban por igual niñas y niños, no había discriminación por sexo; los niños jugaban con muñecas o las niñas con carritos, para que ambos desarrollaran libremente su lado femenino y masculino.

La escuela contaba con un huerto para que los pequeñines aprendieran a cuidar y amar a la Madre Tierra, para valorar los frutos o verduras que nos entrega. También una pequeña granja donde cuidaban pollitos, ayudaban a ordeñar vacas, para luego elaborar queso o mantequilla. Estas actividades hacían que los infantes amaran a estos animales, los entendieran, y a su vez, esto permitía que los niños se negaran a comer carne por respeto a la vida de estas especies.

También tenían un gran salón especial, cuyo techo estaba pintado con colores fluorescentes, en el cual estaba dibujado el sistema solar con todos los planetas como parte de la Vía Láctea. Las paredes tenían dibujos de las grandes montañas, las más altas del mundo como el Everest, de 8,840 metros sobre el nivel del mar; el K2, de 8,611 metros; el Kanchenju, con una altura de 8,586 metros ubicado en Nepal; y el Nanga, de 8,126 metros en Pakistán. En otra pared estaban pintados los ríos más grandes y caudalosos como el Amazonas, el Nilo y el Mississippi.

En dicho salón también se hacían obras de teatro y se impartían clases de música, por lo tanto los niños estaban en contacto con toda esta información y lo disfrutaban mucho porque en esta escuela aprender era placentero. Sus clases escolares no eran las habituales, el contenido era especial, entre ellos, les enseñaban los cinco pasos que se enseñan en clases de Reiki, y estos son los siguientes:

1. Solo por hoy doy gracias por las bendiciones que recibo.
2. Solo por hoy dejo de preocuparme.
3. Solo por hoy dejo de enojarme.
4. Solo por hoy trabajo honestamente.
5. Solo por hoy soy amable con todo ser vivo.

Las matemáticas las enseñaban en forma diferente con métodos para comprenderlas a fondo, no solo para repetir o memorizar. Los preparaban para pensar, analizar con bases físicas, intelectuales, humanas, con importantes conceptos espirituales y científicos. Cada niño aprendía el amor hacia ellos mismos y hacia los demás, así como el bien común; con todo esto se los formaba para que cuando crecieran fueran la base de una mejor sociedad.

# Tú

Ara, era el nombre de una pequeña niña, cuyo nombre significa *altar en el cielo*, tenía unos ojos negros, intensos y brillantes que reflejaban una profunda inteligencia y amor hacia toda forma de vida. Cabello color café con tonalidades doradas y una amplia sonrisa musical y contagiosa.

Un día abandonó su casa con paso inseguro, ya que tenía poco tiempo de haber aprendido a caminar, después de caminar un trecho, llegó al final del terreno donde había un viejo y frondoso roble. Un árbol altísimo cual si fuera un gigante elegante y fuerte, teniendo en su base una alfombra de pasto sembrado con una vertiginosa variedad de flores de múltiples colores y formas.

Se recostó sobre ellas para jugar. A Ara le encantaba platicar con las flores y con los animales, como si fueran seres humanos. Las mariposas revoloteaban por encima de ella para darle una tenue brisa refrescante, ya que era medio día y había mucho calor. Los pájaros trinaban sus mejores sonetos, había varios tipos de ellos; los jilgueros con variados colores, canarios de color amarillo intenso, el mirlo con gran inteligencia y capaz de aprender una gran variedad de cantos; petirrojos de copete encrespado..., todos ellos parados sobre los brazos del árbol que tenía varias hojas.

Interrumpiendo la quietud del paisaje se escuchó allá lejos un fuerte ladrido ansioso que poco a poco se acercaba. De un momento a otro ese ladrido se encontraba al lado de Ara. Ella se asombró y emocionó tanto que hizo saltar de un susto al perro con un grito de alegría; este cachorro era de color blanco como la nieve, además de juguetón y con una cola corta, pero muy inquieta. Él daba vueltas y más vueltas queriendo atraparla con el hocico.

El perrito ladraba mucho para llamar su atención, y con gran sorpresa para Ara los dos se pudieron comunicar, sin esfuerzo, por medio de la telepatía. De esa manera la niña se enteró que el nombre del can era Tú y provenía de las estrellas, traído a la Tierra por un bello y fascinante animal llamado Pegaso, el cual había transportado otros animales durante muchos años hasta este planea. El perro se llamaba Tú porque era igual que cualquier ser vivo en la tierra y en el universo, en resumen era como tú.

Después de unas horas, Ara y su nuevo amigo canino volvieron a la casa para presentar a Tú con su mamá. La pequeña entró corriendo y solicitando a gritos a su madre. Tú, no se movió de su lugar, permaneció quieto y muy nervioso de lo que diría la madre de su amiga, con las orejas paradas, atentas a cualquier ruido, jadeante, con la cola muy inquieta, esperando a ser invitado.

A la madre de Ara le encantó el cachorrito por su docilidad y belleza. Toda la familia de la pequeña niña era muy trabajadora, unida y de pocos recursos, por lo cual no podían estar juntos siempre, ya que ambos padres tenían que trabajar y Ara con frecuencia se quedaba sola. Por este y otros buenos motivos aceptó la presencia del cachorrito.

La madre entendió que su hija estaría bien acompañada, lo vio en los ojos del cachorro. El tiempo se encargaría de demostrar que la decisión de la madre fue acertada. Al paso de los años se dio cuenta de la gran amistad entre ambos; siempre que Ara regresaba de la escuela Tú la esperaba en la entrada, dando de brincos y ladridos; hacían todo juntos. Jugaron, rieron y convivieron por mucho tiempo, aunque al pasar de los años, el perrito se volvía cada vez más lento y sus ojos, antes brillantes, terminaron cegados por las cataratas.

Una tarde al regresar de compras, Ara vio a Tú acostado sin poder moverse. Y con dificultades mayores. El perro le pidió que se acercara y le explicó a su amiga que ya era hora de partir, que su tiempo ya había terminado, pero que había cumplido con su misión de aprender lo que era el amor incondicional, tanto para sentirlo como para darlo; que su tiempo en la Tierra (estos diez años), fueron más que suficientes para aprenderlo, a diferencia de los humanos que tardaban o requerían todo un ciclo cósmico con duración de 25,000 años.

También le pidió que no se preocupara, ya que sus almas se encontrarían en otras ocasiones en diferentes formas; volverían a jugar y a encontrarse. Con el tiempo, Ara logró ser veterinaria y se dedicó a cuidar todo tipo de animales, y en una ocasión, llegó a su clínica un cachorrito lastimado y en mal estado; lo bañó y cuidó, al pasar los días juntos se dio cuenta de su belleza e inteligencia, y cada movimiento le recordaba a Tú, hasta que una tarde volvió a tener la facultad de la comunicación por telepatía y el perrito confirmó sus sospechas: Tú, nuevamente estaba a su lado.

# De crisálida a mariposa

## Mi primer recuerdo

Estoy dentro en una zona tibia y calientita desde que empecé a ser conciencie, pero como intuyo que ya faltan unos días para nacer, quiero hacer la narración de cómo y por qué me formé.

A las 6 horas de fecundación las primeras células de mi ser comenzaron a formarse con el llamado entrosoma paterno, cabe mencionar que existe la posibilidad de que él no se haya ocupado de mí nunca, que esa fue su única participación en mi formación. Con ese centrosoma involuntario de mi padre inició la formación del llamado ADN de mi persona.

A las 4 semanas principian mis primeros órganos a formarse, así como mis aparatos respiratorio, digestivo, reproductivo, etc. También se forma mi sistema óseo y ello da lugar a la formación del ser vertebrado que seré. De esta forma voy hinchando el vientre de mi madre, a los 3 meses de iniciada mi formación, ya mido 9 cm. Y me defino con el sexo de mujer; todos mis órganos ya están completos para ir madurando solos poco a poco.

Al quinto mes comienzo a dar patadas a mi madre para avisarle que estoy bien y dentro de ella, aunque a veces solo me muevo para estar más cómoda. Mi corazón late fuerte si escucho ruidos altos o violentos. Al lastimar o hacer llorar a mi madre, siento cómo se estremece por su llanto y percibo su tristeza a través de la placenta, que cambia lo que recibió en su sangre, por unas substancias que me llegan, me lastiman y hacen sufrir.

Percibo su dolor, a veces su indecisión de continuar con mi crecimiento y truncar mi vida, sin embargo, a pesar de todo eso ella sigue compartiendo conmigo el oxígeno de su sangre, su alimento, su alma. A veces coloco el dedo pulgar en mi boca, no para chupar solamente, sino también para tranquilizarme.

A los 6 meses ya mido 30 cm., peso más de 1 kilo, me muevo mucho, a pesar de que a veces me siento flotar no tengo la misma comodidad de antes; otra novedad son mis primeros cabellos, mi cuerpo se cubrió de una substancia blanca y grasosa; a los 7 meses mi sistema nervioso comenzó a tejer las conexiones necesarias para que yo tuviera movimientos más variados. Me comunico con mi cerebro y mi corazón, ambos me explican todo lo que me está pasando. En esta etapa, si yo saliera, ya podría sobrevivir, pero con muchos problemas.

Les pregunto cómo saben tanto y me dicen que ellos han acopiado la información del ser humano desde hace muchos años, por ejemplo, que el estómago tiene muchas neuronas y por eso se le conoce como un segundo cerebro, hace sus funciones y diríamos que piensa por sí mismo, o bien el hecho que no podemos hacernos cosquillas a nosotros mismos, ya que el cerebro sabe y anticipa lo que vamos a hacer.

Si me lo preguntan: yo no quiero salir, estoy muy apretada, pero cómoda y tranquila; si me da hambre tengo a mi disposición todo el alimento necesario, no padezco de frio. Sin embargo, todas mis células con la información de milenios que se han transmitido entre mis generaciones, me alertan que mi madre no es feliz, y a pesar de eso, me sigue cuidando; eso se lo voy agradecer toda mi vida.

Ya rebasé los 8 meses y mi piel dejó de estar arrugada, mis redondeces se perciben, mi cuerpo comienza a tomar una posición de cabeza hacia abajo, algunos de mis órganos funcionan normal, mido 45 cm., peso casi 2 kg, en unos días tendré que salir aunque no quiera, mi corazón se acelera de pensarlo, pero sé que cada una de mis células me ama y mi madre, en un rincón de su corazón, también. Ella podía haber evitado mi crecimiento y eliminarme antes, pero no lo hizo.

Ayer comencé a sentir presiones en mi cuerpo y me dijeron que son las contracciones del útero de mi madre para poder salir a la luz, cada vez se fueron haciendo más fuertes y constantes, hasta que llegó una muy intensa…, todo frente a mí oscureció, y de repente, se observó algo claro cada vez más y más grande y algo que me empujaba hacia fuera.


## El más grande agradecimiento

Por fin fui expulsada de aquel paraíso acuoso y mis pulmones no me están ayudando, luchan para recibir el oxígeno que antes obtenía sin problemas, siento desfallecer, no puedo respirar y tengo mucho frio, pero alguien más fuerte que yo me manda un soplo de amor divino, abro la boca, y entra en todo mi cuerpo en forma de brisa, como una chispa de vida, y todo mi ser me indica que es el soplo de Dios.

Hace frío, mientras siento que cubren mi cuerpo con algo suave, calientito, por fin un problema menos, pero el que ahora da lata es mi inteligente estomago que tiene hambre, pienso que por fin voy a conocer a mi mamá, la veré a los ojos para que ella sepa que la quiero, le estoy muy agradecida de traerme al mundo, permitir que naciera a pesar de todas sus penas que también yo percibí.

Paso de brazo en brazo y al fin me dan de comer, me cambian, pero no encuentro el olor, timbre de voz u otros detalles que conozco de mi madre, las personas que me cuidaron fuero buenas, pero no eran ella.

Todo esto creó un sentimiento de abandono dentro de mí y el miedo se apoderó por primera vez del ser que comienzo a ser. Varios meses después me entregaron a una señora que me adoptó, desde entonces fue mi madre y por fin tuve un padre, los cuales me cuidaron, sin embargo durante toda mi vida, en lo más profundo de mi ser, estaré muy agradecida con mi madre biológica, con mi padre que dio su centrosoma, con mis padres adoptivos; sin ninguno de ellos yo no estaría aquí ahora contándoles esto.

Algún día los veré de nuevo a todos, no habrá rencores, ni reclamos, ni dudas; a cada uno de ellos les daré un gran abrazo, un beso, mi más grande agradecimiento y les diré cuánto los quiero.

# El castillo y la estrella

# Limonero

Sudando la gota gorda por delante y por detrás debido al calor, la casa se encontraba alterada, sus antes colores brillantes ahora estaban deslavados por tanta humedad salada exudando del piso y las paredes.

Abrió sus ventanas cual ojos asombrados y su puerta delantera está abierta con el tapete en el suelo como si fuera la lengua de fuera de un perro que jadea para respirar y refrescarse. De vez en cuando se perciben leves movimientos que parecen temblores tiernos; son pequeñas plantas sembradas en el patio que se agitan para refrescarse.

La casa le pide al limonero, que se encuentra sembrado en la parte de atrás, que su frondosidad se extienda hasta el techo para ocultarse del calor bajo la sombrilla de su follaje. Pero el limonero, envidioso y muy poco cooperador, se queda tranquilo disfrutando de la sombra que le dan sus ramas forradas de flores, frutos y hojas.

Desesperada por el calor la casa decide romper una tubería de agua y regarla por el suelo; con eso siente alivio por un largo rato. Para su fortuna se inicia una fuerte lluvia acompañada de viento, que penetra por las ventanas y puertas, mientras en el patio trasero se escucha un gran estruendo tras caerle un rayo al árbol de limón.

La casa, de pie y fresca, se le queda viendo y le grita: "¡Hay que compartir o serás castigado!" El limonero chamuscado y triste se quedó de pie abrumado por la pérdida de muchas de sus ramas y hojas. La casa, ya fresca y tranquila, se quedó pensativa y preocupada por el joven limonero. Entonces abrió su puerta trasera para verlo y disculparse.

Mientras observa esta escena la tierra que separa la puerta del limonero, rebosante de lodo tras la lluvia, se dio cuenta de la intención de ambos de querer reconciliarse, pero les ganaba la vergüenza. Para romper ese silencio tembloroso decidió aventar manchas de lodo a todas las paredes de la casa y a las ramas del limonero y ambos empezaron a reír a carcajadas; la casa rompiendo algunas de sus ventanas, el árbol tirando al suelo algunos de sus limones.

Desde entonces los tres acordaron que se ayudarían: la casa abrirá las llaves del agua del patio trasero para regar la tierra y al limonero durante las épocas de sequía. La tierra decidió pedirle a las lombrices producir más vitaminas y minerales, con tal de que el limonero creciera grande y fuerte hasta el techo de la casa para compartir su fresca sombra.

Los pajaritos que se posaban sobre sus ramas diariamente, y tañían el aire en forma angelical, y las abejas zumbonas, también ayudarían a llevar semillas hasta el patio, y así con el trabajo y cooperación de todos, se fue formando un gran manto de pasto verde sembrado de muchas flores, tras lo cual todos quedaron contentos y satisfechos al conocer los frutos de la cooperación y saber que nunca volverían a sentir sol ni soledad.

# El Pez Preocupado

En un lugar lejano del océano vivía un pez muy grande y distinto a los demás, ya que él, al sonreír, podía mostrar una gran fila de dientes dobles y terribles tras los que se ocultaba un gran corazón.

Se encontraba en su cueva preocupado, pensando por qué no tenía muchos amigos y por qué la mayoría de seres marinos lo evadían al encontrarlo. Este preocupado pez había llegado hasta ese lugar del océano debido a los cambios de las corrientes profundas, pero al estar solo comenzó a sentirse con miedo, hasta triste, pero en ese momento se atravesó en su camino una tortuga marina, grande y sabia, con más de un siglo de edad, la cual a pesar de su ancianidad nadaba con elegancia y velocidad a través de las aguas tibias y azules del océano.

Desde ese día se hicieron grandes amigos cual si fueran abuela y nieto, ya que la tortuga al contar con la protección de su caparazón, no tenía nada de qué preocuparse ante su amigo de dientes enormes y filosos. Pasaron meses y el gran pez preocupado se alimentó, jugó y creció mucho, y gracias a que todos le temían, los depredadores marinos no se acercaban ni lo molestaban. Con esto último logró, quizá sin proponérselo, que en la zona que habitaba crecieran libremente hermosas plantas acuáticas, algas, estrellas de mar o posidonias; todo esto formó grandes jardines marinos con gran cantidad de alimento y oxígeno.

El Pez Preocupado aprendió, explorando las aguas con su sabia amiga la tortuga, que existe una variedad enorme de especies de algas (más de tres mil), de diferentes colores; las hay doradas, azules, verdes, etcétera. También aprendió que las estrellas de mar pueden tener cinco brazos o más, ellas también con múltiples colores. Que el mundo marino está poblado, además, de caballitos de mar, cangrejos pequeños y medusas gelatinosas con sus cuerpos sin vértebras, grandes y largos tentáculos, también llamadas lágrimas de mar.

En esta zona rebosante de vida y armonía, la cual se mantenía así gracias al gran Pez Preocupado, al caer la noche se escuchan fuertes ruidos, algunos enigmáticos, pero hermosos, como el canto de la ballena; otros aterradores, como el del estruendo de las grandes corrientes marinas, o las grietas tectónicas activas.

La mayoría de los seres marinos que vivían ahí eran pequeños, se sentían seguros pues los únicos seres de más tamaño eran la señora Tortuga y el Pez Preocupado. Todos los días este pez salía con preocupación a vigilar y cuidar su comunidad, pero una ocasión escuchó a lo lejos varios sonidos parecidos a silbidos y chirridos, se acercó lentamente y vio un animal con hocico largo, cabeza grande y con un orificio respiratorio y una zona de grasa, la cual luego su amiga la Tortuga le explicó que se le conoce como "melón", entendido como su localizador, este hermoso e inteligente ser marino no se asustó como los otros, al contrario, se puso a saltar feliz de ver al gran Pez Preocupado y se presentó diciendo que era un delfín llamado Flopi, que buscaba refugio para su familia, ya que su pareja tendría una cría pronto y en su lugar de origen no contaban con la seguridad para vivir tranquilos.

El Pez Preocupado se quedó pensando en todo lo que había vivido añorando tener más amigos, entonces le dijo a Flopi que lo siguiera, ya que conocía el lugar ideal donde viviría tranquilo y no tendría problemas.

Todos juntos nadaron alegres y esperanzados de vivir en paz y rodeados de amigos, al frente encabezando el grupo, nadaba el gran Pez Preocupado con orgullo y una enorme sonrisa dentada, llevando a sus nuevos amigos a residir en un lugar más bello y tranquilo.

Por donde pasaba nadando el extraño cardumen formado por los nuevos amigos, todos se quedaban asombrados de verlo tan feliz y al mando del grupo, ya que respetaban al gran Pez Preocupado porque, gracias a su preocupación, logró mejorar su medio ambiente alejando a los depredadores, y a la larga, atraer nuevas variedades de vida marina debido a que su hogar era un lugar apacible y lleno de amor.

# La solución del rey

Alegremente sentada sobre una alfombra de flores, sonriendo con hoyuelos en las mejillas, ojos negros, profundos y brillantes como una noche estrellada y un cabello largo y ondulante, que con el viento parecía volar. Ocurría que al verte, te hacía sentir el ser más dichoso del mundo.

Mariela, cantaba como el ruiseñor o el mejor coro de ángeles, con claves tonales. Era buena y hermosa esta pequeña niña de escasos diez años. A diario platicaba con todos los animales y las plantas del bosque.

Todas las mañanas se levantaba al salir el sol, caminaba descalza por todo el bosque, recogía frutos, recolectaba raíces, flores y hongos comestibles para su dieta diaria o su arreglo, no comía animales a pesar de estar rodeada de ellos; éstos eran sus amigos y la cuidaban mucho, siempre estaban a su lado, inclusive las flores abrían sus pétalos para saludarla y perfumar su camino; los arboles agitaban sus ramas alegres al presentirla.

Mariela llegó recién nacida, apareció en un nicho de flores bajo la sombra de un árbol añoso: un ahuehuete de mucha edad al que se le consideraba sagrado, nadie supo de dónde vino o cómo llegó, pero todos los animales ayudaron a criarla desde su llegada. Mariela, a pesar de estar sola y desconocer su origen, era genuinamente feliz.

En una ocasión sentada junto al río escuchó un ruido no habitual con un golpe que la asustó, pero se recuperó del susto e impulsada por su curiosidad salió corriendo para saber de dónde provenía el ruido.

Al llegar hasta el origen del bullicio encontró a una persona desfallecida en el suelo que tenía un golpe en la cabeza, y de pie junto a ella, un bello animal de cuatro patas, altivo, de gran porte, orejas pequeñas, cuello largo y arqueado, poblado por largas crines y pelaje de color blanco, que trataba de reanimar con su hocico al ser tendido. Mariela ignoraba que se trataba de un caballo y otro ser humano.

La niña del bosque corrió y le llevó agua fresca y limpia del río en un cuenco de plantas. Primero le limpió la herida con agua y yerbas, y para cuando despertó el individuo, le ofreció el agua para tomar. Era un anciano de barba blanca, elegantemente vestido, su expresión era amable y parecía educado, pero desorientado, no sabía dónde estaba y qué le había pasado, pero al cabo de unas horas, ya descansado y alimentado, Mariela le explicó lo que le pasó.

Este señor era un rey de una nación lejana, el cual le explicó que ese animal era un caballo que le servía de transporte y que además era su amigo. Ella estaba asombrada por la doble virtud de la belleza y nobleza del corcel, ya que estuvo a su lado todo el tiempo. Se acercó lentamente para acariciarlo y en ese momento el caballo se inclinó para saludarla. Después de varias horas de platicar, el rey le explicó que una extraña desgracia había caído sobre su reino, ya que todos los niños habían desaparecido. Después de contarle esto, se quedó profundamente dormido en un colchón de flores y musgo y a su lado como guardián su fiel caballo.

Mariela salió corriendo para ver al guardián del bosque, que era su árbol de ahuehuete. Le explicó lo sucedido y éste le dijo que era tiempo de saber la verdad:

> Tú naciste de mi última semilla para dar vida, por orden de Gaia y del Creador, para poder ayudar en este caso que desde hace tiempo esperábamos que sucediera.

El viejo ahuehuete le explicó que el rey no tenía hijos y que hacía un año, cuando su corazón estaba hinchado de soberbia, transitaba por su reino y recibió un golpe con un juguete de madera por causa de unos niños que jugaban en la plaza. El rey se molestó exageradamente, y a través de un edicto, prohibió que los niños salieran a jugar en su reino. En los primeros días los niños se vieron obligados a cumplir el decreto y languidecían de tristeza entre las paredes de la casa, pero sin que nadie supiera explicar por qué, un día los niños fueron desapareciendo dejando al reino triste y desolado.

Al entrarse de esta tragedia el rey salió para pedir ayuda, ya que un reino sin niños era insoportable. Se encontró con una anciana a la salida de la ciudad que habitualmente pedía limosna fuera de la iglesia, y le dijo que emprendiera su viaje de noche, que montara su caballo blanco y él lo llevaría hasta el lugar donde recibiría ayuda. Así lo hizo, hasta que, en un descuido, tropezó y cayó en este lugar.

Mariela se puso muy triste y preocupada por todo, pero el guía le dijo que ella era la solución y que tendría que ir con el rey para ayudarlo. Pero ella no se quería ir, ya que este era su hogar, el lugar donde estaban sus amigos a los que ella consideraba su familia.

Al día siguiente se puso a recolectar sus frutos, mientras entonaba las más hermosas canciones, al escucharla el rey sintió mariposas de alegría aleteándole en el pecho y por alguna razón le fue revelado que esa era la solución. Le pidió a Mariela que lo acompañara para ayudar a que los niños volvieran a colmar de alegría su reino. Al ver su tristeza, Mariela aceptó la aventura y al siguiente día salieron en el caballo blanco hacia el reino del viejo rey.

Al llegar, todos fueron a verla, por ser una niña hermosa, risueña que cantaba como los ángeles. A diario salía a recorrer todo el reino, saludaba, ayudaba y abrazaba a todos dando consuelo, y poco a poco se empezaron a dibujar sonrisas inéditas en los rostros del reino, aunque sus corazones seguían tristes por la ausencia de los niños.

Cuando menos lo esperaban, como llamados por los nuevos cantos de alegría provenientes del reino, llegaron todos los niños. Cuándo les preguntaron dónde habían estado todo este tiempo, ellos dijeron que se habían dormido, ya que un hada decidió darle una lección al rey acerca de la importancia de los niños, pero jamás estuvieron en peligro, al contrario, se encontraban cómodamente en una nube.

Ante el regreso de los niños todos eran felices y amaban a Mariela. El rey que era ya viejo y sin hijos, le pidió quedarse para siempre, ella aceptó, pues se dio cuenta que también se había encariñado con cada uno de ellos.

Desde ese día y en adelante, un coro de pajaritos provenientes del bosque donde ella vivía antes, llevaron polen y semillas para que tuviera en su nuevo hogar las más hermosas flores, hijas de las que dejó, junto con un regalo de Gaia; una rama viva del ahuehuete que la cuidó de pequeña para sembrarla en su patio como regalo por su bondad y ayuda, así no extrañaría su origen y todos podrían vivir alegres y tranquilos en el feliz reino.

# Gaia

En una reunión al interior de un bosque mágico, situado en una dimensión superior, estaban congregados muchos animales y plantas de aire, mar y tierra, discutiendo cómo ayudar a Gaia.

Así se nombraba a la Madre Tierra en la mitología griega. Gaia, según un mito helénico, nace en los albores de la creación y del caos, es considerada diosa de la fertilidad que dio nacimiento a Ponto, o sea el mar; a Urano que es el cielo; a Durea, las montañas. Fue madre de estos hijos sin intervención masculina y por ello fue considerada la Madre Universal.

Esta asamblea la presidía un elefante, ellos son animales placentarios, o sea, elefántidos, esto significa que son los animales más grandes que hay en tierra firme. Existen tres especies, varias subespecies, entre éstas se cuentan los mamuts, ya extintos. Estos animales tienen gestación de 22 meses y viven de 50 a 70 años, debido a su longevidad y sapiencia eran ellos quienes dirigían la reunión, en la cual también había cetáceos, que por su tamaño, son como los elefantes del mar.

La mayoría de la asamblea la conformaban tanto animales como plantas que están en extinción, tales como los osos polares, los tigres, los canguros, el gorila de montaña, el rinoceronte de Java, la tortuga laud, los pardos del agua, el atún rojo y los delfines.

Había otros animales, no en extinción pero sí amenazados, gran variedad de plantas y flores en peligro, como las 15 plantas del estado de Chiapas, entre estas el guacayán, la flor de corazón, la orquídea y el tempisque, que es un árbol de frutos dulces y comestibles, también estaban considerados los abedules.

Todos se encontraban rodeados por los hermosos ahuehuetes que tienen alturas de 40 metros o más, con troncos muy gruesos, grandes follajes, semillas chicas de ocho a nueve milímetros, muy longevos, quienes alcanzan edades de hasta 2,000 años como el tule de Oaxaca. La palabra *ahuehuete* significa en náhuatl "viejo del agua" ya que nacen cerca de afluentes como arroyos, manantiales y pantanos.

Estos seres hablaban de la contaminación del agua, la tierra o el aire, la cual ha sido causada básicamente por el animal más destructivo del planeta: el ser humano, debido a sus malos hábitos de tirar basura, quemar bosques o deshacerse de cosas tóxicas en cualquier superficie del planeta.

Había animales del aire como el quetzal, el pato real o guacamaya verde. En este grupo también había pequeños seres de la mitología, protectores de los bosques y mares como el ave fénix, que se dice habita en Egipto, la India, y hasta en China; vive solo y renace del fuego, además su canto mágico hace aumentar el valor a las personas de corazón puro, y a los impuros les infunde temor, y sus lágrimas son curativas.

Por otro lado el dragón dorado, es poderoso y sabio, odia la injusticia. También estaba el grifo, con su cuerpo fabuloso mitad águila gigante, las alas doradas, pico poderoso; mitad león rampante; el pegaso color blanco, ágil caballo con alas; los elfos bellos y de larga existencia, viven en los bosques al igual que los unicornios que son animales blancos con barba de chivo, patas de antílope, cuerno en la frente, que tienen el poder de purificar aguas contaminadas.

Los centauros con parte inferior de caballo, torso y brazos humanos, eran bastante celosos, vivían en el bosque, al igual que las ninfas. Todos juntos buscaban la mejor solución para ayudar a Gaia, y después de mucho tiempo decidieron al unísono que ayudarían al ser humano reuniendo las energías altas de todos para subir su vibración y darles información selecta para que todos contribuyeran en ayudar a Gaia a que pudiera hacer sus cambios y liberación energética, al igual que todos los seres humanos, plantas y animales que la habitan.

# Lula y los huevos rosas

Caminando junto al gran lago, con un poco de trabajo —por el pequeño defecto en su pata derecha—, una patita llamada Lula se desplazaba con gran orgullo, como una reina en su palacio. Tenía pocos amigos, pero los que tenía, eran grandiosos. Algunos se burlaban de ella por su defecto físico, pues les molestaba verla muy feliz queriendo siempre ayudar a todos, a pesar de no tener nada.

La patita Lula conocía el lugar tan bien como la palma de su pata. Ella vio a lo lejos unos huevos grandes, de color rosa, a unos pasos de su casa que era un gran árbol hueco y lleno de flores. Todos veían esos huevos, sin embargo, no les importaba en lo más mínimo, pero Lula era muy curiosa y al verlos desprotegidos se preocupó mucho, temía que les pasara algo.

Se acercó a ellos y se dio cuenta que eran cuatro, muy grandes, dispersos por el suelo, con mucho cuidado los juntó y los cubrió con hojas y ramas para protegerlos. Ignoraba quién los había dejado en ese sitio, así que esperó por varias horas para ver si llegaban por ellos, pero eso no pasó. Lula decidió posarse encima para empollarlos y cuidarlos manteniéndolos calientes.

Nadie procuraba ayudar, otros animales más bien los querían destruir, por eso Lula hizo varios montones iguales con ramas y hojas para despistarlos. Tanta fue su preocupación que se pasó muchos días sentada sobre ellos, varios animales que pasaban se reían de ella y la molestaban mucho.

La patita tenía un gran amigo que era un pájaro carpintero, el cual vivía en las ramas del mismo árbol que ella. Este pajarillo se dio cuenta de la situación y ella le explicó todo lo que había pasado. Cierto día su amiguito llamado Copetín se preocupó mucho, ya que cuando se dirigía a la casa volando pudo distinguir un grupo de hienas; famosas por ser grandes cazadoras, carnívoras de muy buen olfato y veloces.

El problema que él observó es que las hienas se encaminaban hacia esa zona, y en particular, a la casa de Lula debido a los huevos y a ella misma, ya que la patita había estado quieta por muchos días empollando la nidada, por ello todos corrían peligro. Copetín reposó unas horas y salió veloz hacia las montañas que estaban a unos kilómetros, las cuales atravesaría sin problemas para llegar pronto a su destino.

Amanecía cuando salió a gran velocidad para encontrar a otro amigo en común: Boris, el gran oso grizzli que vivía por las montañas; una subespecie de oso pardo de los más grandes del planeta. Era solitario, con una imagen feroz y muy aterradora, pero tenía un corazón de oro; se alimentaba de peces y panales de miel. Al ver a su amigo Copetín, le dio mucho gusto, pero al darse cuenta que venía él solo se preocupó de inmediato, ya que éste no acostumbraba llegar sin su amiga la patita Lula.

Corrió a su encuentro y Copetín le explicó lo que sucedía en El Valle. Acto seguido, Boris corrió sin parar a gran velocidad para ayudarla, y mientras lo hacía, pensaba en el día que ella le salvó la vida después de caer en cierta trampa de unos cazadores y quedar muy lastimado, era pequeño, de pocos días de nacido. Lula lo alimentó y curó con plantas del lago por varias semanas hasta que se recuperó y así creció; la patita regresó a su casa y el oso grizzli encontró la suya.

A veces se buscaban, pero por sus actividades tan diferentes no era frecuente verse, aun así, se querían como madre e hijo. Al llegar a El Valle, a la casa de Lula, la vio con cara de terror por la presencia de las hienas, ya listas para atacarla, los depredadores habían olido los huevos y se les hacía agua la boca del antojo, pero el aguzado olfato que tenían, también los alertó de la visita del oso, el cual se paró en dos patas con toda su grandeza y ferocidad, con gruñidos grandiosos, actuación que provocó que las hienas salieron huyendo asustadas y con ganas de no regresar nunca pensando que ahí vivía un oso feroz.

Lula se alegró de verlo y con su alita rodeó una de sus grandes garras con mucho cariño y los rugidos cesaron, ambos sabían qué se debería de hacer: el gran oso se recostó al lado de la patita para calentarla y cuidarla a ella y a los huevos.

Horas después con mucho temor varios de los vecinos, antes indiferentes —a veces hasta crueles con la patita Lula— se presentaron y cuidadosamente le dieron las gracias al gran oso, ya que al salvar a la patita, también los salvó a todos ellos de ser la comida de las hienas, y entendieron por fin que lo importante es el amor incondicional entre todos, para cuidarse unos a otros. A diario llevaban comida para sus nuevos amigos (el oso y la patita), a base de peces, moluscos, frutos, panales de la miel más deliciosa del Valle, flores, insectos, algas del lago…, el gran grizzli se quiso quedar para cuidar a la patita y a todos.

A los pocos días se escuchó un ruido como si se rompiera algo debajo de ella, se levantó y vio cuatro polluelos bellos, pero pelones y con hambre. A las pocas semanas de un buen cuidado y buena comida aquellos polluelos calvos se convirtieron en los cisnes más hermosos de la región de plumaje blanco y resplandeciente, los cuales con todo su esplendor y belleza median casi dos metros con sus alas extendidas. Eran muy hermosos, impresionantes, muy cariñosos y buenos con la patita que los rescató y cuidó al igual que hiciera en su momento con su amigo Boris, el oso grizzli.

Los cisnes se convirtieron en el orgullo de todos, también ellos servían a veces de transporte de los más pequeños. De esta forma vivieron todos juntos y la patita Lula no tuvo que preocuparse más por nada, ya que tenía todo; amigos, una gran familia, y un lugar seguro para vivir; fueron muy felices a pesar de los peligros constantes que significaban los depredadores.

# Mini y Bu

En un lugar de la Tierra de cuyo nombre no quiero acordarme…, había una crisis climática y tanto las personas como los animales, incluidas las plantas, ya no soportaban esta situación; los lagos, ríos y mares se estaban secando cada día más ante la falta de lluvia; en los arboles no había frutos ni flores, las personas se deshidrataban y enfermaban, por lo que los adultos no podían trabajar ni los niños estudiar.

El Sol brillaba intensamente, emitía una radiación extrema, la cual provocaba altas temperaturas, a veces sobre los 40 grados centígrados, sin nubes ni vientos por varios días.

Mientras tanto, en el cielo, una pequeña nube entre las estrellas —las cuales se encontraban durmiendo, por lo cual no eran visibles—, se escondían de sus hermanas de mayor edad y tamaño, quienes se fueron a una fiesta en un carro formado de puro viento, truenos y relámpagos; esta nube se llamaba Mini, era tan pequeña que sus hermanas y amigas se burlaban de ella porque no podía producir nada de viento, ni generar la energía de un pequeño relámpago, el cual es un resplandor vivo y momentáneo entre nubes tormentosas. Los padres de esta pequeña eran nubes muy poderosas, productoras de grandes tormentas y huracanes.

Mini, se las arreglaba para esconderse la mayor parte del tiempo, pero como era muy curiosa y juguetona, cierto día se asomó a la Tierra dándose cuenta de lo que pasaba: vio la desesperación de los seres vivos y se compungió, ya que aunque pequeña, era muy sensible y de gran corazón. Más no sabía cómo ayudarlos, así que se puso a llorar sin poder controlarse. En ese momento sintió una pequeña brisa, como un suspiro, lo que le provocó reír en forma estrepitosa, con ese hecho se dio cuenta que su tamaño aumentó leve, pero notoriamente y sintió revolotear dentro de ella una energía no conocida antes, esto se repitió varias veces con idénticos resultados.

Mini, le preguntó quién era él. Este pequeño viento respondió que se llamaba Bu y que era el más pequeño de los vientos del norte, además le confesó que también él era motivo de burlas entre sus amigos los ventarrones, pero que le asombró cuando ella se rio y la vio crecer mientras él también crecía; ambos se dieron cuenta que su preocupación y amor por los seres vivos de la Tierra había sido lo que los hizo crecer.

En ese momento el Sol que estaba radiante y muy activo, los estaba escuchando y les reveló que su felicidad y preocupación por los demás había producido ese milagro, lo que significaba que ya estaban listos para generar las más grandes tormentas o los vientos intensos que quisieran para así poder socorrer en cualquier momento a quien necesitara de vientos o lluvia, que el Sol solo había estado esperando que se dieran cuenta de su gran potencial. Que para él, ya era tiempo de ocultarse y descansar un largo periodo, porque ahora les tocaba a ellos trabajar.

De esta manera Mini y Bu se pusieron a jugar y reír, con lo cual crecieron tanto que fueron de mayor tamaño que sus amigos, maestros y padres; así lograron ayudar a todos los seres vivos y hacer de Gaia (o Pachamama) un planeta fresco y fértil nuevamente. Además, tras esa lección de la naturaleza, los seres humanos despertaron su conciencia y entendieron la importancia de cuidar a su planeta y no agredirlo nunca más con conductas destructivas y contaminantes.

# Mundo mágico

En un bosque tropical húmedo de una región de Centroamérica, al medio día, caminaban por una vereda tres jóvenes en plena adolescencia que se habían ido de pinta, pero después de varias horas de camino escucharon unos pasos detrás de ellos, los cuales avanzaban de modo rápido y discreto, por lo que los chicos se pusieron nerviosos.

Al voltear no vieron a nadie, de repente a unos cuantos metros observaron a unas criaturas de unos 50 a 60 centímetros de altura, color verdoso, cabellos largos y con pantalones café cortos y gorros rojos de terciopelo.

También, al fondo de la vereda, descubrieron a otros seres de una piel muy blanca, pelo largo color gris, ojos claros y orejas puntiagudas; todos vestidos con ropa elegante, ajustada y estampada de hojas; eran esbeltos y montaban sobre blancos pegasos. También ellos se extrañaron de ver seres humanos por estos rumbos.

La zona era habitada desde hacía miles de años por estos seres que poseían una vibración altísima por ser los guardianes de los bosques y tener una fuerte comunión con el universo y la fuente creadora.

En lo más profundo de este bosque, también había varios seres pequeños y risueños, con alas como mariposas, de brillantes colores como el arcoíris, éstas eran las encargadas de flores y plantas, conocidas en la mitología popular con el nombre de hadas.

Todos estos seres no requieren cosas de tipo material para subsiisir, a diferencia nosotros, hombres y mujeres de la época actual, que perdimos la conexión con el dador de vida, creándose mucho egoísmo, algunos yendo contra la naturaleza de ellos mismos o contra todo ser vivo, sea animal o planta. Desde hace miles de años en estos espacios verdes y húmedos han vivido árboles parlantes, elfos, hadas, duendes y gárgolas.

Estos adolescentes se pusieron nerviosos y salieron corriendo para alejarse, en su desesperación dejaron a una de sus compañeras tirada, ya que a ésta se le atoró el calzado en una raíz, cayó al suelo y nadie se detuvo para socorrerla.

El Sol se ocultaba y el día se ponía muy oscuro, hacía frío y la chica se sentía muy sola, pero esta joven siempre fue motivo de burlas entre su grupo de amigos adolescentes, ya que era vegetariana, amante de los animales, inteligente y empática, vivía en un pequeño rancho donde cultivaban flores y frutos, y los pocos animales que tenían los trataban como amigos, más no como mascotas.

Esta jovencita se llamaba María, anhelaba ser veterinaria, ella había avisado a sus padres que saldría de día de campo, ya que presentaría en la escuela un trabajo sobre plantas nuevas, igualmente dio aviso a la escuela: fue la única que no se fue de pinta.

Cuando se tropezó se lastimó los ligamentos de la rodilla, por lo que no pudo caminar más, pero debido a su manera de pensar y su formación no estaba asustada, ni preocupada; sabía que si se concentraba en meditar el caos externo no le afectaría y su paz interna le daría la fortaleza para superar este problema. De esta forma lo hizo, y a los pocos minutos que el Sol terminó de ocultarse y por consecuencia todo quedó oscuro, ella sintió la presencia de alguien o algo que estaba a su alrededor.

Abrió sus ojos y vio diferentes seres no humanos, pero sublimes debido a una apacible luz que irradiaban desde su corazón. María, se asombró un poco, pero decidió hablar con ellos sin temor y con la mano en el corazón explicó quién era y qué hacía ahí.

En ese momento habló una bella mujer, alta, esbelta, con el cabello plateado; era la reina de los elfos, que entre sus poderes o habilidades se encontraba la telepatía, además de poder ver el alma de las personas. Por ello se dio cuenta que el de esta pequeña era bella y pura, por ello le ofreció su ayuda, le pidió su mano y al tocarla, en un instante todo se aclaró.

De repente, María se encontraba sana y salva en casa sosteniendo un manuscrito entre sus manos: era un papiro extenso y sellado en oro donde se explicaba el origen del universo en general y del hombre en particular, el verdadero, no lo que se nos ha enseñado. Y para su mayor sorpresa, había escrito un mensaje donde aquellos seres mágicos le ofrecían su conocimiento y la invitaban a vivir entre ellos, en ese mundo mágico, para poder evolucionar espiritualmente hacia horizontes insospechados por ella.

# Niño de cristal

Aarón era un niño hermoso, no solo por su belleza externa, también por su alma que brillaba como el cristal; llegó caminando bajo la noche oscura con estrellas muy brillantes guiando sus pasos.

Él no tenía miedo, se acercó hasta el centro de un bosque con árboles grandes y frondosos, plantas y flores que lo custodiaban y cuidaban. Escuchó un ruido a lo lejos, una especie de alarido que estaba mezclado con los sonidos del viento, era un grito de auxilio por el deterioro de la Tierra y agresión a todos los seres vivos, entre ellos a los animales, plantas y humanos.

Este niño era lo que se conoce como Niño Cristal, entre sus características están el amor incondicional a todo ser vivo, esto los hace ser individuos que perdonan con mucha facilidad; pueden comunicarse por telepatía, tienen un retraso en hablar hasta los tres o cuatro años, lo que muchos confunden con un problema del lenguaje; adoran la música y son vegetarianos; les encantan los animales, las flores, la naturaleza; se ponen de mal humor si están mucho tiempo sin el contacto con ella; no les atrae lo material, tienen poder de sanación, y no les gusta el sonido fuerte y estridente o luz intensa.

Debido a todo lo anterior él prefería estar solo en el bosque, ya que la naturaleza era su amiga platicaba con animales y plantas, sobre todo con un antiguo ahuehuete central que era el guardián del bosque.

Sentado en forma de Flor de Loto (usada en yoga para meditar), llevaba más de una hora y volvió a escuchar esos gritos de auxilio, y esto lo hacía estar triste por ello, ya que no podía intervenir por la ley cósmica del libre albedrío, le preocupó tanto que pidió permiso a su Guía Cósmica para ver cómo ayudaba.

Después de varios días de discusión y diálogo con maestros ascendidos en las dimensiones superiores y razas cósmicas de luz, ellos aceptaron dar autorización a Aarón. Cuando se lo informaron se puso feliz y su primera acción fue buscar varias semillas orgánicas de sanación y llenas de amor, traídas de otros mundos.

Inició sembrando dichas semillas por toda la Tierra, con la ayuda de sus amigos pájaros y abejas para la polinización. Acudieron seres superiores del reino animal como los aviares, felinos, e insectóides para ayudarlos a subir su vibración; primero lo hizo con plantas, y por primera vez con humanos para iniciarlos a despertar y además aprendieran a perdonar y a amar en forma incondicional a todo ser vivo por el bien de la vida y el planeta.

# Tres estrellas

Había en el cielo 3 estrellas hermosas y brillantes, cada una con un brillo peculiar, pero no por ello menos bello. La primera llamada Crux, que más que una estrella era una constelación. La segunda, Deneb, cuyo nombre en árabe significa cola, por su posición dentro de la Constelación del Cisne; y por último, Lesath, cuyo nombre también es de origen árabe y pertenece a la Constelación Escorpio.

Crux, o Cruz del Sur, es la más pequeña, pero inquieta y esplendente, llega casi hasta el Polo Sur, muy independiente, usada con frecuencia como guía de navegación. Deneb es una de las estrellas más brillantes de la constelación Cygnus (Cisne), es visible en cielos despejados, mayormente en los hemisferios del norte; no está sola, ya que tiene otros elementos acompañándola siempre.

Lesath es una estrella situada en la Constelación Escorpio, su nombre, también de origen árabe, significa el aguijón. Está situada al final de la cola del escorpión; es una estrella caliente y muy luminosa, ya que tiene un disco de materia a su alrededor, se encuentra entre la línea divisoria de las estrellas supernovas que explotan y de las que están por finalizar su vida, como las enanas blancas masivas. Dichas estrellas se juntaban cuando podían, a veces dos de ellas o las tres, y compartían su experiencia, su saber universal acumulado de varios millones de años de existencia.

Sabias y reposadas, cada una hacía su trabajo en el universo y usaban varios de sus poderes, como seres divinos en forma de estrellas, lo hacían a través de una comunicación no verbal, y aunque no siempre estaban de acuerdo al finalizar se manifestaban su cariño y amor, ya que ellas entendían que esa era la mejor y más pura forma de estar unidos entre los seres vivos de todos los universos existentes, ya que la Teoría de las Cuerdas nos enseña la existencia de universos paralelos, llamados en su conjunto multiversos.

Todas estas galaxias o mundos, por más lejanos que se encuentren, comparten los mismos elementos, como protones, neutrones, quarks o neutrinos, pero también se sabe por la Teoría de Cuerdas, que existen diferentes partículas con propiedades diversas, no conocidas, y podrían obedecer a diferentes leyes.

Tomemos en cuenta que en el espacio todos los procesos son de la misma fuente de vida y de amor, por ello el resultado final siempre será el amor incondicional entre todos, a pesar de las grandes o pequeñas diferencias, como suele pasar con estas estrellas. Que permanecerán juntas a pesar de las distancias, y las pocas o muchas diferencias entre ellas, ya que existe esa fuerza vital que las unía: el amor incondicional.

# El castillo y la estrella

En un reino muy lejano había un antiguo castillo donde vivía un rey junto a su reina y súbditos. En apariencia les preocupaba su reino, sin embargo su obscena riqueza, su sed de más dinero y poder, a pesar de tener tan poco conocimiento de la dura realidad de las personas, los hacía parecer más bien egoístas.

Aunque estos reyes poseían mucho dinero, joyas preciosas y propiedades dentro y fuera del reino, la providencia no les era del todo propicia, ya que, por más que se esforzaban, no podían tener un descendiente. Debido a ello se vieron en la necesidad de visitar a magos, médicos y brujos en todo el mundo, pero ninguno sabía la causa, ni les daban esperanzas de ayudarles a concebir un heredero al trono.

Algunos de sus familiares o amigos íntimos les sugirieron, con gran temor, que visitaran un lugar cercano donde había muchos niños sin padres, y adoptaran uno, pero los reyes y su corazón lleno de egoísmo rechazaron la idea. Querían un hijo de sangre real o de su linaje biológico, según la tradición.

Cada vez que comían a los reyes se les servían más de diez platillos diferentes elaborados con todo tipo de carnes, frutas, postres, etcétera. Aunque ellos solo consumían una mínima cantidad, ya que siempre estaban de mal humor o deprimidos por no poder tener lo que tanto deseaban: un hijo. Quizá debido a esa frustración o a su falta de empatía con los necesitados, diariamente les ordenaban a sus súbditos que tiraran toda esa comida al final de cada tiempo.

Los sirvientes, bien intencionados, recolectaban todas las viandas, las llevaban hasta la aldea más cercana y las repartían entre los más necesitados, sin embargo este acto a primera vista solidario, tenía otro efecto inesperado: contribuía a que los aldeanos se volvieran dependientes de los despojos de la realeza para sobrevivir, dejando a un lado el martillo y el arado, esperando cómodamente todos los días la caridad del reino para comer sin trabajar.

Muy cerca del castillo había un gran bosque donde vivía una anciana con vestidos humildes a la que siempre se la veía sucia. Ella residía en una choza rodeada de grandes árboles frutales y de olorosas flores. Todos los aldeanos le temían, y aunque se burlaban de su apariencia, evitaban visitar ese bosque por dos razones: la pereza, ya que para llegar tenían que caminar más de dos kilómetros, entre piedras, tierra y barro; el miedo, pues creían que el bosque estaba encantado por la anciana.

El miedo de los aldeanos no era del todo injustificado, pues esta anciana era un hada que había llegado de un sitio muy lejano con la encomienda de ayudar a los reyes y al pueblo. Ella pensaba que, en el fondo, los miembros de la realeza eran buenas personas y que solo ella podía encontrar la manera de cambiar su forma de pensar y vivir.

En apariencia, todo lucía bien en el reino —se les regalaba comida a los necesitados—, sin embargo algunos sirvientes del castillo eran tan egoístas como sus señores. Y es que antes de repartir la comida, éstos elegían lo mejor para ellos y la vendían a un costo muy elevado en otro reino, solo regalaban lo podrido, lo que no les gustaba, o las sobras reales. Aunque los habitantes de este reino vecino también eran pobres, estos últimos eran muy habilidosos y trabajadores.

Los pobladores de este reino que recibían la comida por caridad se volvieron enfermos y perezosos, no querían trabajar y se robaban entre ellos con tal de mantener su estilo de vida ocioso. Los reyes trataban mal a sus sirvientes, los golpeaban y humillaban, y algunos de éstos a su vez repetían el mismo patrón de conducta con la población; no sabían lo que era el amor o la compasión.

Una noche que la viejecilla estaba en su choza, escuchó la melodía más dulce, hermosa y angelical que jamás oyó antes. Había una luz brillante fuera de su ventana, como si el Sol estuviese encendido a pesar de ser media noche. Lo primero que sintió fue miedo, después asombro, ya que al asomarse para indagar, observó una flor bella, blanca y brillante como la luna llena. Al acercarse a ella, la flor le habló y le dijo que tomara la semilla que se encontraba en el centro de su corola, que la guardara por nueve largos meses dentro de una canasta grande arropada entre las mejores sábanas de lino.

La anciana, que estaba acostumbrada a los mensajes peculiares que recibía casi a diario de los árboles, la Luna y demás creaturas de la naturaleza, cumplió con ese cometido. Cierto día antes de que se cumpliese el tiempo señalado, reapareció la flor parlante y le pidió que llevara esa canasta al castillo, con una carta adjunta, en la cual iba escrito el siguiente mensaje: "un regalo de Dios para los reyes".

A la mañana siguiente, la anciana se asomó a la canasta y en lugar de ver la semilla había una hermosa niña, regordeta, de ojos negros muy vivaces, brillantes, de grandes pestañas y con una sonrisa alegre y contagiosa; dos hoyuelos sobresalían de sus mejillas.

Llevó la canasta al castillo. Tocó la puerta y al abrir los sirvientes y ver a la niña quedaron prendados inmediatamente de ella. Acto seguido, la llevaron ante la reina. Tocaron varias veces la puerta de la habitación real, pero como no les abrían, tuvieron el valor o la descortesía de abrirla por su cuenta, dejaron la canasta en el suelo y salieron corriendo por temor de ser amonestados.

La reina al fin abrió la puerta y asomó su rostro sobre la canasta: vio una niña hermosa y risueña, la levantó para cargarla. Al darle un abrazo le robó el corazón, desbordándolo de amor. Vio también la carta y leyó en ella que se trataba de un regalo de Dios, fue corriendo a contarle las nuevas al rey y ambos llenos de amor decidieron adoptarla.

Los reyes salieron presurosos y la presentaron como su hija ante toda la corte y todos en el castillo la amaron. Le pusieron por nombre Estrella, sin saber que esta pequeña realmente venia de las estrellas del firmamento.

Pasaron los años y Estrella creció como una niña inteligente, buena y amable, la cual disfrutaba tanto la naturaleza; sus platillos predilectos eran los hechos a base de granos, frutas y verduras; nunca comía carne y desde que ella llegó se emitió un decreto en todo el reino donde se prohibía el maltrato animal.

Cada uno de los juguetes que le regalaban, así como la ropa nueva, se la obsequiaba a los niños de las aldeas cercanas, todo lo nuevo y lo mejor, no sobras, por esto mismo y por otras acciones, todos los habitantes del reino la querían, tanto que un día decidieron comenzar nuevamente a trabajar para regalarle juguetes hechos de madera, plantas, o hasta canciones compuestas con instrumentos hechos por ellos mismos. Estrella era sobre todo amada por los niños de la aldea con quienes jugaba y les contaba cuentos.

A los adultos les enseñaba a leer o hacer varias cosas útiles. Desde su llegada al castillo, los reyes cambiaron de humor; se volvieron amables, generosos y ayudaban a todos sin distinción. Esta pequeña también visitaba seguido a la anciana o hada del bosque, ya que ambas venían de las estrellas.

Pasaron más de diez años y una tarde Estrella se acercó al hada y le pidió que la ayudara a regresar a su casa, entre las estrellas, que su tiempo en la Tierra ya había terminado y su propósito cumplido, que los reyes por fin podrían concebir en poco tiempo un heredero al trono. Por su parte los habitantes de la aldea dejaron de ser perezosos y, en cambio, se volvieron muy trabajadores y honrados, ya todos sabían lo que era el amor incondicional. El hada aceptó y ambas, en una noche de luna llena, volaron en un rayo de luz hacia su antiguo hogar entre los astros.

Al día siguiente todo el reino se alborotó en busca de su hija predilecta, al no encontrarla su preocupación crecía. Entonces un cortesano encontró una carta en donde Estrella les explicaba que había vuelto, junto al hada del bosque, a algún lugar lejano del universo donde estaba su verdadera casa, que siempre les guardaría mucho cariño y los cuidaría desde las estrellas.

Gracias a mi familia por su apoyo y creer en mí, en especial a
mis nietos Oliver, Regina, Sergio y Constanza; por ellos intento
sembrar una pequeña semilla para un mundo mejor.
Además a mi profesor Ameht Rivera por su enseñanza, critica,
profesionalismo y apoyo para la edición de este libro.